L'Atelier des souvenirs

Anne Idoux-Thivet

L'Atelier des souvenirs

Michel LAFON

118, avenue Achille-Peretti – CS 70024
92521 Neuilly-sur-Seine Cedex

www.michel-lafon.com

À Thierry, mon mari,
à Matthieu, Agathe et Violette, mes enfants.

PREMIÈRE PARTIE

Les cartes topographiques

Prologue

Le directeur de la maison de retraite Les Mirabelliers, à Commercy, attendit qu'un semblant de silence se fût installé dans la salle à manger pour s'adresser à ses résidents. Il avait terminé le planning des animations pour le mois de novembre et avait trois nouveaux ateliers hebdomadaires à leur proposer : un atelier confiture d'églantine, un atelier d'origami et un atelier d'écriture. Une pensionnaire dont il connaissait le caractère bien trempé agita la main.

– Oui, Germaine, vous avez une question ?

– C'est quoi, cet atelier d'écriture ? grogna-t-elle. Je fais assez de gymnastique des doigts comme ça dans la semaine. Et j'ai passé l'âge de faire des lignes d'écriture depuis belle lurette !

– Germaine, je vous rassure tout de suite : Mlle Bonvillet, l'animatrice de cet atelier, vous concoctera des petits sujets qui devraient éveiller chez vous des idées à développer dans de courts écrits. Vous pourrez jouer avec les mots, laisser libre cours à votre fantaisie. C'est tout sauf de la calligraphie.

Il reporta son attention sur l'ensemble du groupe.

– Si vous êtes intéressés par l'un ou l'autre de ces ateliers, inscrivez-vous sur les feuilles affichées dans le couloir. Faites-le dès le déjeuner, pour ne pas oublier. Et maintenant, il ne me reste plus qu'à vous souhaiter un très bon appétit.

Quand, en fin d'après-midi, la secrétaire alla décrocher les fiches d'inscription, elle sourit en lisant les prénoms des six premiers inscrits à l'atelier d'écriture : la très posée Suzanne, Pierre le poète, l'impeccable Georges, Marie la timide, l'élégante Marthe, et Germaine la bougonne.

– Eh bien… Mlle Bonvillet ne va pas s'ennuyer, murmura-t-elle pour elle-même.

Au même moment ou presque, à quelques kilomètres de là, son homologue de l'EHPAD Saint-Joseph, à Saint-Mihiel, consultait la liste des pensionnaires inscrits à l'atelier d'écriture qu'Alice Bonvillet proposait également dans leur établissement. La secrétaire ne fut pas étonnée d'y découvrir les prénoms de Jeanne et d'Élisabeth, deux des résidentes les plus enjouées de la maison de retraite. Que François se soit inscrit la surprit quelque peu.

– Ah ? Et Lucien, aussi ? s'étonna-t-elle. Ça lui fera sûrement beaucoup de bien.

Suzanne

Les Éternelles
La tranchée de la Meuse
Le pré de Dieu
Les sept jours
La vallée des Pierres
L'Enfer
La croix rouge
Les Rouges Terres

Maman n'aimait pas papa. Je l'ai toujours su. Il y avait une tristesse teintée de découragement dans ses yeux quand elle le regardait. Si je dis qu'elle ne l'aimait pas, c'est qu'elle ne l'aimait pas d'amour. Vous savez bien de quoi je veux parler… De ce grand amour qui fait frissonner. Celui que moi, j'ai eu la chance merveilleuse de rencontrer et de conserver cinquante années durant. Mais elle l'aimait tendrement, et c'est déjà beaucoup. Il était bon, solide, travailleur… Que demander de plus ? Surtout en un temps où les femmes par milliers étaient vouées à demeurer des veuves ***éternelles****.*

J'étais une enfant sensible. Mon passe-temps favori était d'observer les autres, afin de percer à jour leurs pensées les plus secrètes. J'avais la naïveté de croire que je sondais mieux leurs arcanes qu'eux-mêmes ne pouvaient les explorer. Papa était à mes yeux un sujet d'étude passionnant, un problème insoluble, un mystère fascinant. J'avais beau scruter encore et encore son visage labouré par **l'enfer**, *je n'y trouvais aucune trace d'amertume, aucun indice de rancœur. Ni à l'encontre de cette* **vallée des Pierres** *et des larmes, pilonnée par la folie des hommes qui l'avait défiguré, ni à l'encontre de ma mère qui ne l'aimait pas d'amour. En le regardant, je ne voyais qu'une sorte de paix mélancolique et résignée.*

Il est mort quand j'avais dix-sept ans. Maman l'a pleuré avec douleur. La tristesse dans ses yeux s'est faite plus noire, plus déchirante. Après tout, ce sont peut-être les amours tendres qui sont les plus profondes… me suis-je dit en l'observant, une fois ma peine à moi adoucie.

Et j'ai connu l'amour à mon tour. J'enseignais depuis un an à l'école des filles de Hattonchâtel. Jean était l'instituteur de la classe des garçons. Mon cœur s'embrasait chaque matin quand je l'apercevais sur le perron d'à côté. Dans mon miroir, je voyais mes yeux pétiller. Un vrai feu d'artifice qui éclatait rien que pour lui. Pourquoi les yeux de maman n'avaient-ils jamais brillé ainsi ? Je refusais de croire que c'était à cause des deux cicatrices boursouflées qui balafraient la joue gauche de papa : elle les effleurait en souriant doucement, elle les baisait aussi avec respect et délicatesse. Alors, pourquoi ?

Je ne l'ai compris qu'en 1957, quand maman, malade, m'a confié un paquet de lettres racornies par le temps. Les mots de la première que j'ouvris sont encore gravés dans mon cœur.

« **Les sept jours** qui me séparent de toi ne sont rien. Rien qu'une petite semaine… Les sept jours qui me séparent de toi sont tout. Tout l'espoir du monde, toute une vie qui peut basculer. La pensée de cette permission tant attendue m'aide à me tenir debout. Courage ! Je te serrerai bientôt dans mes bras. »

Je ne sais ce que ma mère lui répondit. Je n'ai lu que ses lettres à lui. Où ont disparu celles de maman ? Je les imagine englouties à deux pas d'ici, dans les ***tranchées de la Meuse****, auprès de celui qui fut son fiancé, son véritable amour. C'était un homme cultivé, assurément… Il avait l'art et la manière de contourner la censure par des formules imagées dont il devait se plaire à penser que maman les comprendrait sans difficulté.* ***Le pré de Dieu****. C'est ainsi qu'il nommait le no man's land qui le séparait des tranchées ennemies. Voilà déjà un siècle qu'il repose dans le pré de Dieu. On n'a jamais retrouvé son corps, nulle part dans nos* ***Rouges Terres*** *ensanglantées de la Meuse, mais la lettre que sa mère envoya à celle qui aurait dû devenir sa bru garde la mémoire des larmes entremêlées des deux femmes.*

Aucune croix blanche ne marque sa sépulture, mais une ***croix rouge*** *barre le nom de Verdun sur une carte semblable à celle-ci, que ma mère a conservée jusqu'à sa mort.*

– C'est magnifique, Suzanne ! s'exclama Alice en prenant les mains aux veines saillantes de la vieille dame entre les siennes. Qu'ajouter à cela ?

– J'ai encore toute ma tête, n'est-ce pas ? dit Suzanne, les yeux rieurs.

– Ça ne fait aucun doute ! Suzanne, je crois bien que je vais vous engager comme assistante !

Puis, comme toujours lorsqu'elle était embarrassée, Alice se mordilla la lèvre inférieure avant de déclarer :

– Si j'osais, je vous demanderais bien…

– … si ce que j'ai écrit est vrai… acheva Suzanne.

– Oui, avoua Alice d'une petite voix.

– Qu'en pensez-vous, chère petite ?

– Une époque si sombre et des sentiments si beaux…

– Je ne sais pas si c'est beau, coupa Suzanne, mais c'est vrai. Absolument et entièrement vrai !

– Et donc, vous étiez institutrice…

– Oui. Le plus merveilleux métier du monde, si vous voulez mon avis.

– Alors, c'est bien ce que je disais ! Vous qui avez donné tant de sujets de rédaction, vous feriez une parfaite assistante !

Alice ajouta, songeuse :

– J'ai grandi à Heudicourt. Hattonchâtel n'en est pas si éloigné que ça… Pour un peu, j'aurais pu être votre élève !

– Pas vous, chère petite ! corrigea Suzanne en riant doucement. Votre mère certainement, votre grand-mère peut-être, mais pas vous ! Je viens de souffler mes quatre-vingt-dix bougies, vous savez !

Alice se leva à regret, non sans avoir accentué la pression de ses doigts sur ceux, noueux, de Suzanne. Elle lui avait consacré assez de temps. Il fallait qu'elle aille à la rencontre des autres pensionnaires de la maison de retraite. Elle était payée pour ça, pour s'occuper d'eux tous, et non exclusivement de cette vieille dame qu'elle aurait volontiers adoptée comme sa grand-mère.

– L'activité vous a plu ? demanda-t-elle pourtant encore à Suzanne avant de s'éloigner.

– Beaucoup, oui. Mais la prochaine fois, tâchez d'agrandir les lettres des documents que vous nous distribuez ! Il m'a fallu une loupe pour aller à la pêche aux toponymes, sur votre carte !

Évidemment. Alice s'en voulut beaucoup. Toute nouvelle dans le métier, elle aurait néanmoins pu y penser !

Pierre

Le pré Dame Margot
Les vignes des Roses
Les Cerisiers
Le Haut de la Ronce
Les Froidureuses
Entre les Termes
Le Paradis
La Frapouilleuse
Le Seulaire

Je t'attends dans ton pré, ton ***pré Dame Margot****.*
Elles ne m'atteignent pas, tes humeurs ***froidureuses***
Qui tant bien que mal camouflent l'amoureuse.
Je t'attends dans ton pré, mon doux coquelicot.

Tout en ***haut de la Ronce****, ton bon ami Pierrot*
A suspendu son cœur pour toi, délicieuse.
Les gars éconduits te nomment ***frapouilleuse***
Mais moi je t'attendrai toujours, tendre Margot.

Dans les ***vignes des Roses****, vingt années ont passé*
Et je t'attends encore, sous nos ***cerisiers****.*
Entre les termes *intenses qui ont borné ta vie,*

Dans ton pré et ailleurs, je t'ai aimée, solaire,
Depuis vingt ans déjà, tu vis au ***paradis****.*
Et moi, dans mon hospice, j'attends, pauvre ***seulaire****.*

Décidément, Alice allait de surprise en surprise ! Où venait-elle d'atterrir ? Était-ce une maison spécialisée dans l'accueil d'enseignants retraités ?

– Un sonnet ? murmura-t-elle, incrédule, en relisant le texte que Pierre lui avait tendu quelques instants plus tôt.

– Vous nous avez bien dit qu'on pouvait caser nos mots comme bon nous semblait. « Un texte en prose ou en vers. » Vous l'avez dit, je n'ai pas rêvé ?

Alice releva la tête et croisa le regard de Pierre, agrandi par deux gros verres d'hypermétrope.

– Pour être honnête, je ne pensais pas que quiconque choisirait la poésie, avança-t-elle.

– Et pourquoi donc, je vous prie ? Vous nous prenez pour des ploucs ? tonna Pierre.

Alice se fit violence pour plonger ses yeux dans les loupes du vieil homme. La bienveillance qu'elle y lut démentait la sévérité du ton. Soulagée, elle répondit, en rougissant légèrement, toutefois :

– Bien sûr que non, voyons ! Mais un sonnet d'une telle régularité, non, vraiment, je ne m'y attendais pas !

– Je vais vous dire, petite… La poésie, c'est toute ma vie ! Enfin, ce qu'il en reste… déclara Pierre en dégainant un livre de la profonde poche de son chandail.

Il le tendit à Alice. Il s'agissait de *Ô ma mémoire*, le recueil des poèmes qui avaient accompagné les méandres de la vie de Stéphane Hessel.

– Un sacré bonhomme, ce Stéphane Hessel ! Croyez-moi !

– C'est vrai, oui… acquiesça Alice. Ce livre trône en bonne place dans ma bibliothèque, ajouta-t-elle en le lui rendant avec un sourire de connivence, sans même le feuilleter.

Le visage de Pierre s'éclaira soudain avant de se renfrogner tout aussi rapidement.

– Vous ne dites pas ça pour m'embobiner, petite ? demanda-t-il, méfiant.

– Et pourquoi voudrais-je vous embobiner ? rétorqua Alice, que les grands airs de Pierre commençaient à offusquer. On dirait bien que c'est vous qui me prenez pour une idiote !

Alice était un peu soupe-au-lait, elle le savait, mais elle n'aurait pas dû prendre la mouche pour si peu. Ce n'était pas l'idée qu'elle se faisait d'une bonne professionnelle. Elle se mordit la langue, angoissée à l'idée de mal s'y prendre, mais résolue à ne pas se laisser déstabiliser par le premier caractère fort venu.

– Une preuve, je veux une preuve ! intima le vieux monsieur.

– Pardon ? fit Alice.

– Qu'est-ce qui me prouve que vous aussi, vous goûtez ce recueil ?

– Je n'ai pas à répondre à ça… dit aussi calmement que possible la jeune femme chez qui, à présent, l'agacement l'emportait nettement sur l'amusement.

– Ah ! J'en étais sûr !

– … Mais je vais le faire quand même, se ravisa-t-elle aussitôt, piquée au vif.

« Je pense à toi, Myrtho, divine enchanteresse,
Au Pausilippe altier, de mille feux brillant,
À ton front inondé des clartés d'Orient,
Aux raisins noirs mêlés avec l'or de ta tresse… »

Si Pierre fut épaté par l'exactitude de la réponse d'Alice, il n'en laissa rien paraître.

– Alors ? prit-elle le risque de crâner. Qu'est-ce que vous dites de ça ? Et je peux continuer, ajouta-t-elle en souhaitant de toutes ses forces ne pas y être contrainte, consciente que sa mémoire renfermait un stock de tout au plus dix vers supplémentaires.

– Nerval… M'ouais, pas mal… J'aime mieux Apollinaire. Numéro 81 du recueil, annonça le vieux retraité.

« Me voici devant tous un homme plein de sens
Connaissant la vie et de la mort ce qu'un vivant peut connaître
Ayant éprouvé les douleurs et les joies de l'amour

Ayant su quelquefois imposer ses idées
Connaissant plusieurs langages
Ayant pas mal voyagé… »

– « La Jolie Rousse », coupa Alice en priant pour ne pas se tromper.

– Du sur mesure, chère petite…

Alice sourit au vieil homme, attendrie par la fierté de gamin qui avait éclairé son visage quand il avait déclamé les vers d'Apollinaire.

– Pardonnez-moi, mais je dois aller voir ce que les autres ont écrit, dit-elle en se levant.

– Vous reviendrez ?

De l'inquiétude perçait dans la voix bourrue du vieux monsieur. Alice sut qu'elle venait de gagner sa confiance. Sans avoir rien prémédité, sans avoir le moins du monde cherché à « l'embobiner ».

– Bien sûr ! Dès la semaine prochaine !

Puis, après une courte hésitation, elle ajouta :

– Au fait, pourquoi avez-vous dit que « La Jolie Rousse » était pour moi du sur mesure ? Je ne suis pas rousse !

– Non, mais je trouve que vous devriez l'être. Ça irait très bien avec vos yeux bleus de poupée de porcelaine ! Et vous devriez sourire plus souvent, aussi… Nos vieux os aiment à se réchauffer au contact d'un sourire aussi joli que le vôtre…

Georges

Le bois de la Croix-Saint-Jean
Plaine de Rays
Massonvaux
Marbotte
Forêt d'Apremont
Forêt de Gobessart
La Pierre de la Damechonne
Bouconville-sur-Madt
Manon
La Plaine
Vieux Moutier

La nuit était claire. Trop claire, à mon goût. On risquait gros sur ce coup-là, l'avion serait trop facile à repérer. Et nous aussi. Pas question de prendre par **la plaine**. *Ces salauds nous auraient tirés comme des lapins. Il fallait prendre par les bois. Ça grimpait dur, mais on en avait vu d'autres.*

Le parachutage était prévu pour 2 heures du matin. On s'est mis en route à 22 heures. D'abord, ***le bois de la Croix-Saint-Jean****, puis la* ***forêt d'Apremont*** *et celle de* **Gobessart**. *On devait faire la jonction avec deux autres groupes de résistants au* **Vieux Moutier**. *Là, on serait encore à couvert, on pourrait* *tranquillement revoir les détails de notre plan, se répartir les tâches.*

Mes gars et moi sommes arrivés en premier. L'air était doux. Il n'y avait pas un pet de vent. Tant mieux, les caisses auraient plus de chance d'atterrir comme prévu dans la **plaine de Rays**. *Nous étions sept. Cinq autres gus devaient venir du Nord, cinq autres encore de l'Est. Ceux du Nord sont arrivés environ un quart d'heure après nous. Je les connaissais tous pour les avoir côtoyés à l'occasion de deux autres opérations.*

Vingt minutes ont passé, puis une demi-heure. L'heure du largage approchait et les gars de l'Est n'étaient toujours pas là. J'avais été désigné chef de l'opération. Une lourde responsabilité. Je réfléchissais déjà à la manière dont j'allais quadriller la plaine de Rays avec douze hommes au lieu de dix-sept, quand j'entendis siffler, notre signe de ralliement. Merde ! C'était pas trop tôt ! J'étais furieux, mais ce n'était pas le moment de le montrer, il fallait être efficace, bon Dieu ! Surtout qu'ils n'étaient que quatre.

– Qu'est-il arrivé au cinquième homme ?

– C'est notre toubib… Il a été appelé pour une urgence auprès d'un officier allemand… Impossible de se défiler sans éveiller les soupçons ! Surtout ce soir…

J'ai hoché la tête, préoccupé. Mais je n'étais pas au bout de mes surprises. Quelques mèches d'un blond incroyable s'échappaient du béret d'une des silhouettes qui venaient d'atteindre notre point de ralliement. J'ai cru que j'allais m'étrangler :

– Nom de D…. ! Une femme ? Vous êtes au courant qu'on va devoir se trimbaler des caisses d'armes ! Je n'ai rien contre

elle… Si vous l'avez amenée, c'est que vous avez confiance en elle. Elle saura sûrement baliser la plaine avec nous ! Mais après, hein ? Vous y avez pensé ? Comment elle va faire pour porter la marchandise dans les pentes du sous-bois ?

Je n'ai jamais eu l'habitude de palabrer. J'en avais assez dit. Je me suis tu, mais à l'intérieur je bouillais. C'est elle qui m'a répondu :

– Un des nôtres s'est blessé. En comptant le toubib, il aurait manqué deux hommes. Le peu d'armes que je rapporterai en bas sera toujours ça de pris. J'ai déjà fait mes preuves. Je ne vous ralentirai pas.

Sa voix était douce, mais décidée. Elle s'est approchée de moi et je suis tombé fou amoureux de ses yeux clairs. Je me suis raclé la gorge. J'ai cru que je n'arriverais jamais à m'arracher à ce regard. J'ai déplié la carte du coin (moins belle que celle-ci !), puis j'ai donné à chacun sa position. J'ai prétendu vouloir veiller en personne sur la demoiselle, que j'ai postée à 50 mètres de moi, à l'orée de la grande clairière que forme la plaine de Rays. Bon sang ! Quand j'y repense, je ne sais pas comment j'ai pu mener l'opération à bien. Je ne sentais qu'elle, je ne voyais que sa lampe à elle… Sa voix chantait encore dans mes oreilles. Il a fallu le bourdonnement du moteur de l'avion anglais que nous attendions pour que je reprenne pied dans la réalité. C'était la pleine lune. Les conditions météo étaient parfaites. Le pilote voyait nos lumières, forcément… Et pourtant, aucune caisse n'a atterri dans le périmètre formé par nos seize balises. Elles ont toutes été larguées dans l'excroissance que dessine la clairière à **Massonvaux***. C'était plutôt une bonne* nouvelle pour le groupe du Nord, mais pour nous c'était la poisse. Nous aurions deux fois plus de chemin à parcourir à découvert. À moins de contourner la clairière par le bois, ce qui rallongerait et compliquerait notre repli. Et il fallait qu'on soit de retour à 5 heures au plus tard…

J'ai juré tout ce que je pouvais, et puis j'ai sifflé et levé le bras. Chacun savait ce qu'il avait à faire. La fille a bondi dès qu'elle a vu et entendu le signal. Elle courait vite. Je l'ai noté avec fierté. La fierté du mâle qui sait qu'il a bien placé son affection. J'ai longé le bois en courant derrière elle. J'ai fini par la rattraper… C'était elle, mon Graal. Bien plus que ces foutues caisses d'armes pour lesquelles je risquais ma peau.

– Ça va ? lui ai-je simplement demandé.

– Ça va, oui !

Et elle m'a souri.

Je me suis arrêté quelques secondes pour ramasser son béret, qu'elle avait perdu. J'aurais voulu le replacer moi-même sur sa tête pour toucher ses cheveux qui flottaient joliment sur ses épaules et scintillaient sous la lune. Mais elle courait toujours. Je me suis contenté de le lui lancer. Elle l'a réceptionné au vol en me faisant un clin d'œil. Quand nous sommes arrivés près des caisses, elle était à peine essoufflée. Nous nous sommes partagé les caisses.

– T'as ton sac, **Manon** ? demanda un des gars du groupe de l'Est.

– Oui, mon oncle !

– Les caisses sont trop encombrantes… Je vais t'aider à trier ce qui sera le plus simple pour toi à mettre dans ton sac, puis à transporter.

Manon ? J'avais entendu parler de Manon. Elle sillonnait la Meuse à bicyclette depuis des mois pour faire le lien entre les différents groupuscules de résistants. Mais c'était toujours un homme qui portait les messages au groupe de **Marbotte** *que je commandais. Il ne me restait plus qu'à prier pour que ça change. Je ne savais pas d'où elle était. Moins on en savait les uns sur les autres, plus on était en sécurité. C'était pour ça aussi qu'on avait des noms de guerre. Je me suis approché de Manon et de son oncle :*

– Si vous voulez, je prends ce que Manon ne peut pas porter et je le planque près de **la Pierre de la Damechonne**. *Vous pourrez tout récupérer la nuit prochaine.*

Elle s'est hissée sur la pointe des pieds et m'a embrassé sur la joue.

– Merci ! a-t-elle seulement dit, consciente du temps que j'allais perdre à exécuter ce plan.

Et c'est tout. Je ne l'ai jamais revue. Dans le coin, nous avions l'habitude de choisir comme noms de guerre des noms de lieux-dits des environs. Manon était le nom d'un champ au sud de **Bouconville-sur-Madt**. *À la Libération, c'est là que je l'ai cherchée en premier. Rien. Ça paraît incroyable, à l'ère d'Internet, mais à l'époque, retrouver la trace de quelqu'un n'était pas si simple… Chacun avait si bien respecté l'anonymat de chacun que personne ne put me dire qui elle était vraiment. Il faut croire qu'elle venait de plus loin et qu'elle avait choisi de se faire appeler Manon parce que c'était le seul nom de lieu qui collait avec sa féminité. Peut-être ne faisait-elle que séjourner* *chez son oncle… Je ne l'ai jamais su et ne le saurai jamais, hélas. Mais je crois que je l'aime toujours.*

Georges écrivait comme il aurait parlé si l'exercice avait été oral. Mais qu'importait ! Alice n'était pas là pour distribuer des notes aux retraités qui participaient à son atelier d'écriture. Elle commençait à le comprendre, son travail avec les anciens revêtait une dimension patrimoniale exceptionnelle. La richesse de leurs productions écrites ne résidait pas dans leur style, mais dans leur caractère autobiographique. La dizaine de toponymes que chacun avait reçu pour consigne de choisir sur une carte topographique des environs, puis d'injecter dans une histoire, avait été le prétexte à des récits éminemment personnels et émouvants. Et celui de Georges – le cinquième qu'elle lisait – ne faisait pas exception. Alice avait rapidement compris que, contrairement aux autres, il n'avait pas choisi ses toponymes parce qu'il les trouvait beaux, surprenants ou symboliques, mais parce qu'ils désignaient des lieux qu'il connaissait comme sa poche pour les avoir maintes fois arpentés.

– Et vous Georges, demanda-t-elle, comment les résistants vous appelaient-ils ?

– Le Rusé, dit-il en bombant le torse. Du nom d'un coin de la plaine de Rays, justement…

– Et vous l'étiez vraiment, rusé ?

– Il paraît, oui ! Sauf pour retrouver Manon. Sur ce coup, on ne peut pas dire que j'aie été très malin…

– Homère disait d'Ulysse qu'il était « aux mille ruses » et pourtant, après dix ans d'absence, il a encore erré pendant une décennie avant de retrouver sa Pénélope, commenta Alice, qui espérait effacer du visage du vieux résistant le voile de mélancolie qu'y avait jeté l'évocation de Manon.

– C'est bien ce que je disais, rétorqua-t-il en souriant largement. Je ne suis pas très futé : une vie entière ne m'a pas suffi pour retrouver Manon !

Alice ne savait trop s'il était raisonnable de poursuivre dans cette voie. Elle ne put cependant s'empêcher de le questionner une dernière fois :

– Parce que vous la cherchez encore ?

– Dans mes rêves, jeune fille. Dans mes rêves…

Alice

En cette fin d'après-midi de novembre, Alice et sa vieille Twingo bleue faillirent partir dans le décor. Au lieu d'attentivement scruter la route verglacée comme elle aurait dû le faire, la jeune femme était restée coincée, en pensée, quelque part entre le fauteuil roulant de Suzanne et la large table autour de laquelle les autres participants à son atelier d'écriture avaient pris place. Elle regrettait de ne pas avoir eu le temps de lire les productions de Germaine et de Marthe, qui avaient dû regagner leurs chambres respectives pour y recevoir des soins. Quant à Marie – dont le chignon élaboré l'avait plus que fascinée –, elle n'avait pas terminé de dicter son histoire à l'auxiliaire de vie, qui compensait l'infirmité de ses doigts déformés par l'arthrose en prenant des notes.

Alice porta la main à son cœur qui pulsait comme un fou. Elle avait les jambes en coton après le tour complet qu'elle venait de faire sur une plaque de verglas. Sa voiture était miraculeusement restée sur la chaussée, comme si de rien n'était. Alice bénit les dieux de la Diagonale du vide[1] qui lui avaient ouvert un boulevard rien que pour elle, sur cette départementale d'une Meuse affaiblie par l'exode rural et saignée par la Grande Guerre. Elle raffermit ses mains sur son volant, puis redémarra, soulagée de s'en tirer à si bon compte.

Plus que quatre petits kilomètres, et elle serait chez elle. Enfin, presque chez elle. Elle occupait la petite maison de sa grand-mère. À la mort de cette dernière, ses parents en avaient hérité et avaient pris soin de l'entretenir régulièrement. Quand ils en avaient remis les clés à leur fille unique, trois ans auparavant, avaient-ils pressenti qu'elle végéterait des mois durant dans le pathétique état de chômeuse surdiplômée ? Peut-être pas tout de suite… Comme elle, ils avaient espéré qu'un poste d'enseignant-chercheur en sociologie se libérerait quelque part… N'importe où, dans n'importe quelle université. En France ou à l'étranger… Alice parlait anglais couramment, elle était prête à s'expatrier s'il le fallait. Oui, mais voilà, les débouchés étaient pour ainsi dire inexistants. Les parents d'Alice s'étaient laissé deux

1. Aujourd'hui jugée exagérée (à cause, notamment, de l'attractivité de la région toulousaine) et péjorative par certains géographes, l'expression « Diagonale du vide » désigne les régions s'étendant des Ardennes aux Pyrénées occidentales, caractérisées par de faibles densités de population.

ans avant de secouer leur Tanguy[1] au féminin qui vivait à leurs crochets, dans le nid qu'ils lui avaient ménagé à trois rues de leur propre pavillon. Sauf qu'à la différence de Tanguy, leur fille ne se complaisait pas dans son état de dépendance tardive. Elle était mal dans sa peau et aspirait sincèrement à voler de ses propres ailes. Mais pas à n'importe quel prix. Pas encore. Les deux années probatoires s'étaient écoulées depuis un an. La mère d'Alice l'avait suppliée de passer le concours de professeur des écoles. Son père s'était mis en tête qu'on pouvait trouver des vacations de professeur en collège ou en lycée sur Le Bon Coin. Il surfait sur le site tous les matins à la recherche d'une très hypothétique perle en la matière, en attendant qu'Alice passe un Capes – et pourquoi pas une agrégation ? – de lettres ou de philo. Mais Alice, de plus en plus déprimée, ne parvenait pas à se projeter dans une carrière d'enseignante ailleurs que dans le supérieur. Trois de ses copines avaient fini par atterrir dans un collège alors qu'elle-même achevait son doctorat à la Sorbonne. Pour aucune il ne s'agissait d'une vocation : deux d'entre elles s'étaient retrouvées

1. Héros éponyme du film d'Étienne Chatiliez, *Tanguy*, sorti en 2001. À 28 ans, le très brillant Tanguy vit toujours chez ses parents alors qu'il pourrait s'assumer financièrement. Ce personnage est devenu l'archétype sociologique du jeune adulte tardant à quitter le domicile familial. Le phénomène Tanguy est à rapprocher du concept japonais du célibataire parasite.

en ZEP dans la région parisienne, la troisième dans un collège prétendument sympa d'une petite ville de province. Toutes étaient parties la fleur au fusil, persuadées qu'enseigner à des adolescents, c'était du gâteau. Il ne leur avait fallu que quatre petites années pour unanimement témoigner du sentiment d'injustice qu'elles éprouvaient à voir les profs constamment dépréciés et traités de fainéants par une société ingrate, incapable de voir à quel point ce métier était usant. Autant d'états d'âme qui auraient pu déboucher sur de passionnants sujets d'étude. Mais pour Alice, il n'était question ni de se lancer dans de longues enquêtes sur la place des enseignants du secondaire dans la société, ni de devenir prof elle-même.

À défaut d'étudiants motivés par la sociologie, son truc à elle, c'était plutôt « les petits vieux ». Au sens le plus noble, le plus affectueux et le plus respectueux du terme.

Tout en parcourant le journal, Alice mit à réchauffer le reste de bœuf bourguignon que sa mère lui avait apporté la veille. Elle l'avala à toute vitesse, puis alla s'installer derrière son ordinateur. Elle vérifia sa messagerie : aucune alerte de Galaxie[1] concernant un

1. Galaxie des personnels du supérieur est un portail du ministère de l'Enseignement supérieur, de la Recherche et de l'Innovation, dédié au recrutement et à l'avancement de grade des enseignants chercheurs.

éventuel poste universitaire correspondant à ses compétences. Elle soupira et se massa les tempes. N'était-il pas temps pour elle de se résigner, et de se consacrer pleinement à l'autoentreprise qu'elle avait enfin créé dans un sursaut d'orgueil, résolue à ne pas dépendre de ses parents *ad vitam æternam* ?

L'idée lui en était venue deux mois auparavant. Fatiguée de broyer du noir, elle s'était lancée dans un autobilan de compétences improvisé qui avait abouti à la courte liste suivante.

Docteur en sociologie :

– compétences associées : mener des recherches, analyser des données, rédiger, suivre les travaux d'autrui ;

– enseigner : quatre ans d'expérience en tant que chargée de cours ;

– soutien scolaire.

Pendant les huit années qu'elle avait passées à Paris, Alice avait aidé ses parents à financer le gourbi qui lui servait de logement en donnant des cours particuliers de français et de méthodologie. Depuis son retour dans la Meuse, elle continuait à proposer de tels services ; pour les élèves de primaire et pour les collégiens, elle avait même étendu sa palette de propositions à toutes les disciplines. Une initiative complètement inutile. Les candidats au soutien scolaire ne se bousculaient pas au portillon et, sur ce point précis, Alice en était venue à vouer aux gémonies les dieux de la Diagonale du vide.

En croisant les données de sa liste avec ses hobbies – la lecture, la musique (elle pratiquait le violoncelle) et les arts en général –, Alice était parvenue à la conclusion qu'elle pourrait tenter sa chance dans un champ qui se situerait à la confluence de la culture et de la transmission. Avec des personnes âgées comme interlocutrices, bien sûr. Comment pouvait-il en être autrement pour quelqu'un qui avait consacré les plus belles années de sa jeunesse au sujet « Les maisons de retraite : espaces perçus, espaces vécus » ?

Deux heures de cogitation intense plus tard, elle avait eu une illumination : pourquoi ne pas proposer des ateliers d'écriture à des personnes du troisième âge, voire du quatrième ? Un petit tour sur Internet lui avait donné confirmation de ce qu'elle croyait savoir : créer une autoentreprise était un jeu d'enfant, même pour elle. Le surlendemain, l'entreprise Les Idées libérées voyait le jour. Encore deux semaines, et Alice décrochait des rendez-vous dans quatre des trente-six maisons de retraite plus ou moins médicalisées de la Meuse, pour y soumettre son projet d'atelier d'écriture à destination des aînés. On lui avait donné le feu vert pour une expérimentation de six mois dans deux établissements : Les Mirabelliers, à Commercy, et la Maison Saint-Joseph, de Saint-Mihiel. C'était mieux que rien. Des conventions en bonne et due forme avaient été signées avec les associations qui géraient chacune de ces deux maisons de retraite. La carrière de prestataire de service d'Alice pouvait commencer.

Ce fut donc par une de ces journées brumeuses dont novembre a le secret que les aventures d'Alice au pays des Anciens avaient débuté.

Cet après-midi passé à Commercy avait été son baptême du feu en tant qu'animatrice. Quand elle était venue s'y présenter, la semaine précédente, Alice avait bien cru qu'elle n'aurait pas le courage d'aller au bout de sa toute nouvelle entreprise. L'odeur âcre de l'urine mêlée à celle, puissante, des détergents utilisés dans l'établissement avait eu sur elle l'effet d'une madeleine de Proust. D'une madeleine dont le parfum soulevait le cœur, certes, mais d'une madeleine tout de même… Un irrépressible dégoût, causé par ces émanations propres aux hôpitaux, l'avait souvent saisie quand, jeune chercheuse débordant d'idées, elle menait l'enquête dans les EHPAD [1] de la région parisienne en vue de rédiger sa thèse. Elle s'en était alors toujours accommodée, non sans plaindre les personnes qui baignaient à longueur de journée dans pareille atmosphère. Quand elle était pour la première fois entrée aux Mirabelliers, ces relents si particuliers avaient revêtu pour elle le parfum vicié des regrets :

1. Établissement d'hébergement pour personnes âgées dépendantes.

ceux de ne pas avoir réussi à exercer le métier qu'elle s'était choisi.

Mais Alice était consciencieuse et loyale. Elle avait pris un engagement, signé un contrat. Elle s'était donc efforcée de respirer par la bouche, le temps de ravaler son amertume, puis avait vaillamment suivi le directeur de l'établissement dans la salle de convivialité où l'attendaient les futurs participants à son atelier.

À présent, la jeune femme se remémorait les récits de Suzanne et de Georges, émerveillée par cette découverte : l'écriture avait le pouvoir d'ouvrir les vannes de la mémoire. Alice n'avait forcé aucune confidence, et pourtant de belles histoires s'étaient déployées. Spontanément. Les pensionnaires auraient pu inventer leurs récits de toutes pièces ou bien refuser de les lui faire lire : la jeune animatrice le leur avait bien précisé au moment où elle leur avait explicité l'activité. Mais ils avaient choisi de jouer le jeu jusqu'au bout en livrant une part d'eux-mêmes.

Alice se laissa aller contre le dossier de son siège de bureau. Tout cela était prometteur. Très prometteur, même… En attendant de faire plus ample connaissance avec les retraités de Saint-Mihiel inscrits à son atelier, elle avait hâte de retrouver les pensionnaires de Commercy. Suzanne, surtout. À qui donc lui faisait-elle penser ? Oui, c'était cela… Elle pianota sur le clavier de son ordinateur… Bingo, elle avait vu juste ! Suzanne avait de faux airs de Maggie Smith. Cela lui fit penser à ce film, *Quartet*, dont les protagonistes sont des musiciens à la retraite. Quand elle l'avait vu au cinéma, juste avant de soutenir sa thèse, Alice avait trouvé Beecham House complètement irréaliste au regard des conclusions auxquelles elle était parvenue en passant au peigne fin une bonne trentaine de maisons de retraite. « C'est du cinéma », s'était-elle dit, vaguement agacée, mais conquise par l'aspect musical du film et par le jeu des acteurs.

Alice fut prise de l'envie de revoir *Quartet*. En un clic sur PriceMinister, le DVD du film tomba dans son panier. Un deuxième clic, et *Indian Palace* vint l'y rejoindre. Les seniors de ce film étaient tous plus attachants les uns que les autres, elle se le rappelait très bien. Maggie Smith y interprétait aussi un rôle, ce qui ne gâtait rien. Il ne restait plus qu'à payer… 11,90 euros pour les deux DVD. Elle qui ne sortait jamais pouvait se le permettre. Il était loin, le temps où elle dissertait avec ses copines de fac sur le grand méchant commerce en ligne qui allait manger tout cru les petits commerces de proximité. Alice en avait fini avec les grandes envolées indignées. Quand on vivait au fin fond de la Lorraine, on était bien content de recourir aux sites marchands qui peuplent le Web. « Internet comme outil de compensation culturelle de la désertification rurale ». Encore un très beau sujet de recherche, se dit la jeune femme, sitôt l'âpre pilule de la culpabilité avalée.

Jeanne

Le Champys
La Noire Vallée
Le Moulin
Le pré Saint-Jean
La mare de Grand Mas
Les Ormes…

Quand j'étais enfant, ma famille n'avait pas beaucoup de moyens. Heureusement pour moi, l'institutrice vivait juste à côté et la Solange, sa fille, était mon amie. Elle me prêtait tous ses livres, et on peut dire qu'elle en avait beaucoup ! C'étaient des livres Nelson, je me le rappelle encore. Mes préférés étaient ceux de George Sand. Sur la couverture de son livre, la petite Fadette portait une belle robe rouge avec un fichu assorti ; elle était au milieu d'un troupeau d'oies, je la revois encore ! Elle était pas si sotrée[1] *que ça ! La première fois que j'ai lu l'histoire de la Fadette, je devais garder le lit parce que j'étais tombée de la chânotte*[2]. *J'avais une énorme*

1. Sotte, un peu folle (patois lorrain).
2. Gouttière en bordure de toit.

beugne[1] *et pour me consoler, la Solange m'avait prêté son livre et sa gueniche*[2].

Tous ces livres Nelson, je les ai lus à les user… La mère de la Solange disait que je progressais à vue d'œil ; elle voyait bien que c'était grâce aux livres de sa fille. Alors, elle a eu l'idée de créer une petite bibliothèque à la mairie. C'était drôlement nouveau pour l'époque, dans un petit pays. Quand j'y repense, je suis fière d'y avoir été pour quelque chose.

C'est bien facile, j'aurais pu choisir tous les noms marqués sur les cartes ! Ce sont les cousins lorrains des noms du Berry qui sonnent à toutes les pages des romans de George Sand. Tenez, prenez ***le Champys****, c'est François, bien sûr ! Même des lieux aussi bêtes que* ***Le Moulin*** *me font venir plein d'images et de personnages à l'esprit. Le meunier d'Angibault, par exemple. Et Cadet Blanchet, donc ! Je le détestais, celui-là !*

La Noire Vallée*, elle me fait penser aux* Maîtres sonneurs. *J'aimais bien l'orme Râteau. Il y a d'ailleurs un lieu-dit* ***Les Ormes****, sur la carte. Et qui dit ormes dit Ormeaux, le nom d'une ferme dans* La Mare au diable. *Je présume que les mares sont toujours signalées sur ce genre de cartes… J'y ai vu une* ***mare de Grand Mas****…*

Je m'étais toujours dit que quand j'aurais une bonne goyotte[3]*, je m'achèterais tous les romans de George Sand. La vie a passé, j'ai grandi, puis j'ai vieilli, et surtout j'ai beaucoup travaillé.*

---

1. Bosse.
2. Poupée de chiffons.
3. Endroit où l'on met ses économies.

Une ferme, c'est pas un endroit pour bassotter[1]. *On n'a pas toujours sous la main des gars solides comme le Champi ou comme le Landry pour nous aider ! J'aurais pourtant bien aimé en louer un à la Saint-Martin ou à la Saint-Jean, comme ça se faisait dans le temps (vous avez remarqué* **le pré Saint-Jean** *sur la carte ?).*

J'ai lu le journal toute ma vie, mais je n'ai jamais plus eu le temps de penser à ces beaux romans de mon enfance. Je pourrais peut-être les relire, maintenant que je n'ai que ça à faire et que j'ai été opérée de la cataracte. Oui, ce serait une rudement bonne idée !

P.-S. : Vous savez qu'il y a un livre de George Sand qui s'appelle Jeanne, *comme moi ?*

Alice félicita Jeanne avec chaleur. Quand on lisait son récit, on ne savait trop si on avait affaire à la transcription d'une conversation ou à une lettre, mais le tout était d'une fraîcheur absolument délicieuse. La vieille dame avait passé une heure complète à examiner sa carte au 1/25 000. Ou plutôt ses cartes… Une fois la numéro 3215^{E} de l'IGN (celle de Commercy) écumée, elle avait en effet chipé la carte 3214^{E} (celle d'Apremont-la-Forêt) à ses compagnons de la table voisine, qui avaient déjà collecté depuis longtemps leurs dix toponymes. Alice l'avait laissée faire. Il faut dire qu'au milieu de ses cartes, Jeanne

1. Ne pas avancer dans son travail, manquer d'efficacité.

respirait le bonheur, comme en témoignaient les soupirs d'aise qu'elle exhalait à intervalles réguliers, en murmurant les noms qui s'exposaient en italique sur les encombrantes feuilles déployées devant elle. De quoi flatter l'ego de la jeune autoentrepreneuse qui avait eu l'idée de cet « atelier topographique ».

Rattrapée par le temps, Jeanne avait fini par dicter à la va-vite son histoire à l'aide-soignante venue lui prêter main-forte.

Alice était aux anges. Les pensionnaires de Saint-Mihiel inscrits à son atelier étaient peu nombreux, certes, mais ils semblaient aussi motivés et émouvants que ceux de Commercy. Cela se confirmait : ce travail qui n'aurait dû être qu'un pis-aller offrait de passionnantes perspectives. Sur le plan des rapports humains, surtout, ce dont Alice avait grandement besoin. Son degré d'estime de soi atteignant un stade dramatiquement abyssal, elle n'avait pas eu le courage de tenter de renouer avec ses anciennes copines de lycée *via* les réseaux sociaux. Une solitaire. Voilà ce qu'elle était devenue. Une « seulaire », comme disait joliment le néologisme à base toponymique inventé par Pierre, le vieux poète des Mirabelliers. Alice refoula avec détermination les larmes qu'elle sentait monter. Il était temps pour elle de partir à la découverte du monde que Lucien, assis un peu plus loin, avait couché sur sa feuille.

Lucien

La Hurée des Bures

Si je ne suis pas sage, mémère va m'abandonner à la ***Hurée des Bures*** *et là, le sanglier blanc va me manger. C'est un pauvre petit oblat qui l'a trouvé, cet animal, alors qu'il n'était encore qu'un marcassin qui rôdait seul aux portes de l'abbaye. L'enfant a demandé à le faire entrer, mais les moines n'en ont pas voulu. Alors le marcassin blanc est resté là, à attendre. À la nuit tombée, l'oblat l'a reconduit dans la forêt. Il lui a construit une cabane avec, juste à côté, un petit sanctuaire pour pouvoir dire quelques prières quand il viendrait lui rendre visite et le nourrir. L'oblat est venu en cachette des moines pendant plus de deux ans. Il en a profité pour aménager son oratoire. Il y a même placé une petite statue de la Sainte Vierge qu'il avait sculptée. Le marcassin grossissait et grandissait à vue d'œil. Il s'est finalement transformé en un magnifique mâle, dont la hure était plus blanche encore que le corps.*

Le jeune oblat a continué ses visites nocturnes pour le seul plaisir de vagabonder en compagnie de la bête, car le sanglier n'avait plus besoin de lui depuis longtemps pour trouver de quoi manger.

C'était l'été. On approchait de la Saint-Jean et les journées n'en finissaient pas de s'allonger. Depuis quelque temps, l'enfant offert à Dieu sentait une présence quand il approchait de la cabane. Sûr et certain, il était suivi. Mais lorsqu'il se retournait, il ne voyait rien. Il entendait seulement un nasillement semblable à celui des sangliers. Il ne s'agissait pourtant pas de son sanglier blanc, qui l'attendait toujours sagement à la porte de l'oratoire.

Un soir, apeuré par ces bruits étranges, l'oblat s'est mis à courir ; il a trébuché dans la bure de sa robe et s'est étalé de tout son long.

Une bande de gamins du village a alors jailli des fourrés en criant :

– Oh ! le vilain moinillon ! On dira aux moines qu'il quitte la clôture ! Oh ! le méchant, si méchant qu'il a été abandonné par ses parents !

Et ils riaient en rouant de coups le pauvre oblat, qui ne pouvait rien faire pour se défendre et a fini par perdre connaissance. Le sanglier blanc est arrivé pour secourir son jeune maître, mais les enfants étaient très nombreux et ils étaient devenus enragés. Ils ont blessé la bête avec leurs frondes ; une pierre plus grosse que les autres l'a assommée. C'est alors que la curée a commencé : à coups de pieux, les enfants ont achevé la « hurée du diable », comme ils appelaient le pauvre sanglier, dont le seul tort avait été de naître blanc. Quand il est revenu à lui, le jeune oblat, dont le seul tort avait été d'avoir été abandonné par ses parents, n'a plus eu qu'à enterrer son seul ami sur le seuil de son petit sanctuaire.

Depuis ce soir lointain qui remonte à près de deux cents ans, le fantôme du sanglier blanc erre chaque nuit dans la forêt, où il dévore les enfants qui manquent de cœur et de piété.

Moi, je sais bien toutes mes prières et je suis un gentil garçon. Mémère ne me fait pas peur avec son histoire : je ne risque rien, même si elle m'abandonne à la Hurée des Bures, où je serai bien assez malin pour retrouver la statue de la Vierge sculptée par le petit oblat !

– Comment vous vous appelez, déjà ? demanda Lucien.

– Alice. Je me suis présentée la semaine dernière, puis de nouveau tout à l'heure, juste avant de distribuer les cartes.

– Alice… Oui, oui… Je perds un peu la tête parfois. Ça fait longtemps que je ne vous ai pas vue par ici !

– C'est normal, Lucien, je n'étais encore jamais venue !

– Ah ? Bon. Mémère non plus n'est jamais venue. Pourtant, je l'attends tous les jours. Je dis mes prières tous les soirs, vous savez…

– Il y a une chapelle, ici ?

– Oui, mais on n'a pas voulu que je sois servant de messe. Quand elle viendra, je dirai à mémère de m'y accompagner. Elle verra que je suis bien pieux et elle ne me racontera plus cette affreuse histoire de sanglier blanc.

Alice fit comme si de rien n'était. Elle en avait assez entendu pour comprendre qu'il s'agissait d'une forme de démence plutôt sévère. Alzheimer, peut-être. Elle aurait peut-être dû attendre le retour du soignant à qui Lucien avait raconté son histoire avant de discuter avec le vieil homme. Tant pis… Quand elle préparait son doctorat, elle avait souvent rencontré des personnes atteintes de détérioration cognitive. Elle avait même consacré une partie de son travail aux spécificités de leur appréhension de l'espace, laquelle était souvent complètement brouillée, surtout dans les environnements qui ne leur étaient pas familiers. Cela avait été l'occasion pour elle de se plonger dans de passionnants articles scientifiques sur le sujet. Elle avait ainsi beaucoup appris sur les formidables connexions du cerveau humain. En observant les aidants, elle avait aussi bien noté qu'il était judicieux de valoriser les souvenirs d'enfance de ces aînés, dont il fallait patiemment rembobiner le fil de la mémoire pour en découvrir les parcelles préservées. En ce sens, son atelier d'écriture remettait tout le monde à égalité. Qui pouvait soupçonner, en lisant le texte de Lucien, qu'il avait fait appel au peu qui lui restait, et non opéré un tri dans l'immense bibliothèque d'une mémoire entièrement intacte ?

– Où habite votre mémère ?

– À Heudicourt. Vous connaissez, petiote ?

– Oui ! Figurez-vous que c'est là que j'habite aussi ! Dans la maison de ma grand-mère, justement.

– Elle ressemble à quoi, cette maison ?

– Elle date des années 1920. La façade est étroite, avec deux hautes fenêtres. Il y a une très jolie marquise aussi… Et des hortensias, mais en cette saison ils ne sont pas fleuris, bien sûr…

– Ah, j'aime bien les hortensias ! Ce que vous me dites me fait penser à la maison de la Marguerite Jeannin.

Lucien s'interrompit pour dévisager Alice.

– Mais… on dirait que c'est toi ! Marguerite, c'est bien toi ? Tu n'as pas changé, tu sais…

– Oh ! Vous avez connu Marguerite Jeannin ! s'exclama Alice, sidérée de constater que Lucien la confondait avec son aïeule. Regardez-moi bien, Lucien, ajouta-t-elle avec douceur, je ne suis pas Marguerite. C'était ma grand-mère… Mais c'est vrai que je lui ressemble beaucoup.

– Bon, j'aime bien la Marguerite. Je lui ai même conté fleurette, il y a peu… Il faudra que vous lui passiez le bonjour, mademoiselle… ?

– Alice.

– Oui, c'est ça, Alice.

– Alors Lucien, vous avez décidé de monopoliser Alice ? demanda une voix ferme dans le dos de la jeune femme.

– C'est une charmante enfant. Elle a promis de m'apporter des hortensias de chez la Marguerite Jeannin.

– Euh, oui, bafouilla Alice, mais séchés, alors. Regardez dehors, Lucien : je ne pourrai pas vous en avoir de bien verts et bien colorés avant au moins six mois !

– Ça m'ira très bien !

– Tant mieux, Lucien. Vous permettez que je vous embrasse ?

– Faites donc, petiote, faites donc.

Alice se leva, déposa un baiser sur la joue ridée de l'ancien soupirant de sa grand-mère, et se heurta au soignant dont la voix empathique venait de surgir derrière elle.

– Ça fait longtemps que vous faites ce travail ? lui demanda-t-il.

– À vrai dire, j'ai commencé la semaine dernière, répondit Alice, qui ne savait pas trop si elle devait se sentir menacée par la question.

– C'est donc que vous avez le petit truc en plus ! Vous vous débrouillez très bien avec les personnes âgées !

– Ça fait longtemps que vous m'observiez ? demanda Alice, méfiante autant que rougissante.

– Assez, oui. J'ai préféré ne pas embrouiller Lucien en me mêlant de votre conversation. Je crois que j'ai bien fait.

– Je ne sais pas. En tout cas, vous, vous avez rapidement et efficacement reformulé l'histoire du sanglier… Lucien n'a pu vous la dicter mot pour mot telle que je l'ai lue. Je me trompe ?

– Non, c'est vrai que ça a été laborieux, qu'il a pas mal cherché ses mots… Mais vous le sous-estimez tout de même quelque peu. Je n'ai presque pas eu besoin de le questionner pour qu'il déroule son histoire. Il l'avait encore très bien en tête.

– Ce qui est très réconfortant, au vu de sa maladie… fit-elle remarquer. Quelle est-elle, au fait ? C'est Alzheimer ?

Elle se reprit aussitôt :

– Pardon… Je n'avais pas le droit… Vous êtes lié par le secret médical, bien sûr…

– Laissez… la tranquillisa le jeune homme. Je ne crois pas enfreindre un grand secret en vous disant que sa démence ressemble beaucoup à Alzheimer, mais qu'il y a dans son comportement des choses qui ne collent pas tout à fait avec le tableau clinique. Malgré ses hésitations, sa capacité à faire des récits longs et intelligibles est encore remarquable, vous vous en rendrez compte…

– Tant mieux ! Je suis là pour ça !

– Et c'est très bien ! Travailler sur ses réminiscences est ce qui peut lui arriver de mieux ! C'est vrai pour tous ses compagnons, d'ailleurs… Et comme vous avez la fibre… tout va pour le mieux !

Plus troublée qu'elle ne l'aurait voulu par les quelques compliments plutôt banals qu'elle venait de recevoir, Alice reprit son tour de table, non sans avoir adressé un dernier signe de la main à Lucien et à son chaleureux soignant.

Élisabeth

Plaine de Rays
Le Rusé
Woinville
Massonvaux
Le Moutelot
Clavis
Bois de la Montagne
Morinvau
Vieux Moutier
La Foudre
Manon

C'était le 16 juillet 1942. Ce jour-là, j'avais parcouru pas loin de cent kilomètres avec ma vieille bicyclette pour apporter à Verdun les noms de neuf compagnons qu'il fallait évacuer le plus tôt possible vers la zone libre. Il faisait chaud, il n'y avait pas un poil d'air. Je n'avais qu'une hâte, rentrer au plus vite chez tante Blanche, l'aider un peu à la maison avec ses petiots, puis aller me coucher sans attendre la tombée de la nuit. Cette simple perspective me remplissait d'aise, tandis que je donnais les derniers coups de pédale qui me séparaient de ***Woinville****. Hélas pour mes pauvres mollets endoloris, mes rêves de repos allaient vite s'envoler.*

J'ai aussitôt remarqué l'air préoccupé de mon oncle quand il s'est assis à table pour le souper.

– Je viens de croiser le docteur Jeanpierre. Il partait soigner un officier allemand. Une urgence qui pourrait bien le retenir là-bas toute la nuit…

J'ai relevé la tête, tout à coup en alerte malgré ma fatigue. Je savais qu'une opération importante était prévue cette nuit-là. Et le chef, c'était justement le docteur Jeanpierre. Mon oncle n'avait pas terminé. Il m'a regardée bien droit dans les yeux.

– Il revenait de chez le Claude, qui s'est cassé un bras en tombant de son toit.

J'ai discrètement fait oui de la tête. J'avais compris. Claude aurait dû être de l'expédition. Avec deux hommes hors circuit, cette dernière était sérieusement compromise. Ni ma tante ni mes cousins n'étaient au courant de toutes ces histoires de résistance. Tante Blanche aurait trouvé étrange que je m'isole avec mon oncle pour discuter. À moi de me montrer habile, afin que mon oncle puisse me faire part de ses intentions entre deux cuillerées du liquide qui nous tenait lieu de soupe. Alors que quelques minutes plus tôt je piquais du nez dans mon assiette, j'étais à présent parfaitement réveillée.

J'ai dit :

– Le pauvre Claude ! A-t-il quelqu'un qui veille sur lui ? C'est bien lui qui a perdu sa femme l'hiver dernier ?

– Elle a été emportée si vite… a murmuré ma tante en se signant.

– Il y a bien sa cousine, la Marie… ou bien est-ce la Madeleine… la **Manon** *?*

Mon oncle a souligné ce dernier prénom en me regardant avec insistance. J'ai de nouveau hoché la tête tandis que tante Blanche s'écriait :

– Ma parole, mais tu perds la cerise ! Tu sais bien que c'est la Mathilde ! T'allais au catéchisme avec elle, quand t'étais petit !

– Ah ! Oui, c'est vrai… La Mathilde. Elle va en avoir du turf, quand elle va mettre le nez dans les affaires de son cousin ! C'est que l'Claude avait commencé à déménager des caisses de son grenier. Et elles avaient l'air bien lourdes !

Mon oncle m'a encore regardée en parlant des caisses.

– Mais qu'est-ce que tu rabouilles ? s'est énervée ma tante. Ces caisses peuvent bien attendre qu'il soit remis ! Il ne va pas l'embêter avec ça !

Je suis intervenue :

– S'il lui demandait de manipuler ces caisses, je suis certaine que sa cousine le ferait de bon cœur. On parle bien de la Mathilde qui a la même bicyclette que moi, n'est-ce pas ? Elle a l'air dévoué. Et costaud, aussi.

Ma tante a haussé les épaules en se levant pour débarrasser la table. Je me suis levée aussi pour l'aider. Quand je suis passée derrière lui, mon oncle s'est tourné pour me tendre son assiette en annonçant bien fort :

– Ce soir, je vais relever mes pièges du côté de ***Morinvau****.*

– Sois prudent ! a dit ma tante. J'ai toujours peur que tu t'fasses prendre ! Tu attends bien que la nuit soit tombée, hein ?

– Ne t'inquiète pas, ma Blanche, j'attends minuit. Je ne pars pas avant.

– Minuit me semble une heure parfaite, ai-je dit. Avec un gros sac, bien sûr !

À minuit précis, j'étais au rendez-vous. J'avais eu le temps de dormir trois petites heures et j'étais de nouveau en pleine forme, mon béret bien enfoncé sur la tête pour cacher mes cheveux blonds.

– Manon vient nous aider pour compenser l'absence du **Moutelot** *et de* **Clavis***, a dit mon oncle aux deux hommes qui attendaient à Morinvau avec lui.*

Nous nous sommes salués très rapidement. Nous n'avions pas le temps de musarder : les pentes abruptes du **bois de la Montagne** *se dressaient sombrement devant nous et il allait falloir les gravir sans traîner. Nous devions retrouver deux autres groupes de résistants au* **Vieux Moutier** *avant de prendre position autour de la* **Plaine de Rays***, où un avion anglais devait nous parachuter des caisses d'armes et de munitions.*

Nous avons pris au plus court, c'est-à-dire à pic. Notre périple tenait plus de l'escalade que de la randonnée. J'ai mis un point d'honneur à ne pas me plaindre. Et mon courage a été récompensé.

Quand j'ai débouché du talus escarpé dont je pensais ne jamais voir la fin, ce fut pour tomber sur un homme jeune dont je distinguais à peine les traits réguliers. J'ai eu l'impression que **la foudre** *m'avait traversée. Aujourd'hui encore, je ne puis me l'expliquer, mais j'ai su que c'était lui… Lui, le grand amour de ma vie. Les autres l'appelaient* **le Rusé***. Son nom figurait souvent sur les papiers que je devais porter ici ou là, mais c'était la première fois que j'avais affaire à lui en personne. La première* *fois et aussi la dernière. Il parlait peu, mais il parlait bien. On dit que le souvenir des voix est celui qui se perd en premier. Moi, je crois encore entendre la sienne résonner à mon oreille. C'était la plus belle voix qui fût. Guidée par cette voix, j'aurais pu suivre le Rusé jusqu'au bout du monde. En l'occurrence, ce fut jusqu'à* ***Massonvaux****. Les munitions dont mon oncle avait rempli mon sac me parurent aussi légères que mon cœur. Quand le Rusé a proposé son aide pour alléger ma part du fardeau, j'ai eu l'incroyable audace de l'embrasser. J'en rougis encore en écrivant ces lignes. Sa peau était un peu râpeuse, juste comme il fallait. Je n'ai pas eu la présence d'esprit de lui glisser mon véritable nom à l'oreille : Élisabeth Nonville. Manon et le Rusé devaient fatalement se revoir ! C'était écrit. Je ne m'inquiétais pas du tout pour cela.*

Cette nuit-là, j'ai péché par optimisme. Cela paraît incroyable mais, à la Libération, personne dans mon entourage n'a su me dire qui était le Rusé. Je l'ai cherché, je l'ai attendu. Au moment de notre rencontre, j'avais dix-sept ans. Je ne me suis résignée à prendre un époux autre que lui qu'à trente-cinq.

Mon Dieu, quel gâchis ! Les mains d'Alice tremblaient lorsqu'elle reposa la feuille de papier qu'Élisabeth lui avait confiée.

– Oh ! s'exclama la nonagénaire. Je ne voulais pas vous faire pleurer, ma petite Alice. L'eau a coulé sous les ponts, comme on dit. J'ai été heureuse avec mon Raymond, même si nous n'avons eu qu'un enfant !

– Alors, tout est pour le mieux ! articula Alice dans un sourire tremblotant. Puis-je vous demander où vous avez habité avant de venir ici ?

– Je n'ai jamais quitté la région ! J'ai été factrice pendant des années à Buxières-sous-les-Côtes.

– C'est impensable… murmura Alice pour elle-même.

– Pas tant que ça, déclara Élisabeth dont l'ouïe était encore fine, mais qui se méprenait sur le sens de ses paroles. Je vous rappelle que j'étais la reine de la petite reine !

Le fort beau voisin

Forbeauvoisin
Les Longues Portions
Le Renonsard
La Folie
La Jambe Antoine
Apremont
La Boiteuse
Le Pâquis
Le Boutonné
L'Abreuvoir

Que faire au sujet de Georges et Élisabeth ? Depuis son retour de Saint-Mihiel, Alice ne cessait de tourner et retourner cette question dans sa tête. Elle y avait pensé en se douchant, puis en épluchant panais et topinambours pour préparer une soupe de légumes anciens. Elle n'avait pas une âme d'entremetteuse, mais il fallait faire quelque chose ! Élisabeth avait 90 ans, Georges 93… Bien dorlotés dans leurs maisons de retraite respectives, ils semblaient très en forme pour leur âge, mais Alice ne connaissait pas leurs dossiers médicaux. De toute manière, le temps jouait inexorablement contre eux… Comment s'y prendre pour annoncer à chacun qu'elle avait retrouvé l'autre sans provoquer un cataclysme ? Une crise cardiaque, par exemple. Alice frissonnait rien que d'y penser. Pour un peu, elle aurait renoncé à renouer le fil ténu qui unissait Georges et Élisabeth. Car enfin, qui était-elle pour rendre à la réalité un coup de foudre idéalisé par soixante-dix années de séparation ? Elle ne pouvait prendre une telle responsabilité seule. Le plus raisonnable était de demander conseil au personnel qui encadrait chacun des deux vieux amoureux. Amoureux. C'était bizarre de penser à deux personnes d'un âge aussi vénérable en utilisant ce terme. Mais en existait-il un autre ?

Alice s'assit à son bureau après y avoir précautionneusement déposé le plateau sur lequel elle avait entassé un bol fumant de sa soupe aux légumes oubliés, une demi-baguette, un munster blanc et une jatte de la compote de coings qu'elle avait cuisinée la veille. Elle détestait manger à la cuisine avec pour seule compagnie la vieille horloge de sa grand-mère. Elle avait toujours eu en horreur ces repas solitaires pourtant son quotidien depuis qu'elle était étudiante, et avait donc pris l'habitude de manger tout en travaillant ou en lisant.

Ce soir-là, ce fut en écrivant qu'elle dîna. Elle avait en effet éprouvé la subite envie de se soumettre à l'exercice qu'elle proposait à ses anciens. Et comme elle aimait relever les défis, elle choisit de composer des vers, comme Pierre. Elle déplia une des deux cartes topographiques qui servaient à son atelier. Le premier toponyme qui accrocha son attention fut Forbeauvoisin. Les dés en étaient jetés et elle s'aperçut qu'elle choisissait les autres noms par association d'idées davantage que par attrait pour leur sonorité ou par curiosité pour leur signification.

Il était ***fort beau****, mon* ***voisin.***
De ***longues portions*** *de violon*
Vibraient, s'échappaient de ses mains.
Moi, je gravissais ***l'âpre mont***
De longues portions de folie.
Vaines études, mon seul ***pâquis****.*
Il n'était pas un ***renonsard****,*
Les longues portions de son art
Peuplent bien des conservatoires.
Je puisais à son ***abreuvoir***
De longues portions de chaleur.
L'aborder ? Quand ? Idée ***boiteuse*** *!*
Bien ***boutonné*** *était mon cœur*
Par de longues portions peureuses.
Mon violoncelle était discret
Il n'arrivait pas à sa ***jambe****.*
Antoine*. Ma portion de secret.*

C'était sûr et certain : au jeu du meilleur poème, l'impeccable sonnet de Pierre battait à plate couture ses pauvres octosyllabes dont il ne fallait surtout pas prononcer les diérèses. Mais comme les pensionnaires des Mirabelliers et de Saint-Joseph, Alice avait mis dans l'exercice tout son cœur. Et elle trouva que cela faisait beaucoup de bien.

Germaine

En arrivant à Commercy, ce mercredi-là, Alice était dans un état de fébrilité intense. Les dix participants à son atelier seraient-ils tous au rendez-vous ? Et s'ils avaient été déçus par la première séance ? Mais la jeune autoentrepreneure s'inquiétait inutilement. Ils étaient tous présents, et visiblement très heureux de l'être, à commencer par l'élégante Marie, son lourd chignon blanc solidement épinglé sur le sommet de son crâne.

Une jeune femme brune à l'air dynamique s'approcha d'Alice en lui tendant la main.

– Je suis Chloé, se présenta-t-elle, l'ergothérapeute qui intervient ici trois fois par semaine. Suzanne et Pierrot m'ont tellement parlé de ton atelier que j'ai eu envie de rester un peu, pour voir… J'espère que ça ne t'ennuie pas…

– Bien sûr que non ! s'exclama Alice, qui, prise au dépourvu par cette nouvelle venue qui devait avoir à peu près son âge, pensait exactement le contraire.

– Germaine a été très déçue de ne pas avoir terminé son récit la dernière fois, expliqua Chloé. Je lui ai fait faire quelques exercices pour l'aider à reprendre correctement en main son crayon. Et voilà le résultat ! conclut-elle en s'effaçant pour laisser passer Germaine.

– Bonjour Alice, claironna cette dernière en bousculant Chloé avec son déambulateur, tiens, voici ma copie !

– Votre copie ? Quelle idée ! Vous n'avez aucune obligation de me rendre quoi que ce soit ! Nous ne sommes plus à l'école…

– Ah ? Alors il faut que tu sois plus cool, comme disent les Américains. Tu es plus sérieuse que la plus sage des institutrices ! N'importe comment, ma belle, j'aime bien faire les choses jusqu'au bout. Je te rends donc mon travail, conclut Germaine en collant sa feuille dans les mains d'Alice et en se redressant autant que ses prothèses de hanches le lui permettaient.

Chloé fit un clin d'œil entendu et encourageant à Alice tandis que la vieille dame regagnait son fauteuil en se dandinant. Elle fut rapidement remplacée au côté de la jeune autoentrepreneure par une septuagénaire – Marthe, se rappela Alice – qui semblait en pleine forme.

– C'est pour vous, très chère. Je viens juste de le terminer.

– Vous non plus, Marthe, vous n'étiez pas obligée de finir votre texte ! insista Alice.

– Non, mais ça m'a beaucoup amusée de le faire !

– Dans ce cas…

Alice prit la feuille que lui tendait Marthe, avant de risquer à l'adresse du groupe :

– Seriez-vous prêts à partager vos textes les uns avec les autres ?

Les hochements de tête affirmatifs qu'elle perçut dans la vaste salle fraîchement décorée pour les fêtes – le sapin n'était pas là la semaine précédente, pas plus que les guirlandes fatiguées et les boules vieillottes qui pendaient du plafond – la surprirent quelque peu. Les textes des résidents revêtaient un caractère tellement intime… En les lisant aux autres, ils s'exposaient. Pour sa part, elle aurait détesté ça.

– Puisque tout le monde est d'accord, allons-y ! Comment voulez-vous procéder ? Vous lisez ? Je lis ? Vous souhaitez garder l'anonymat, peut-être…

Des rires doux s'élevèrent.

– L'anonymat ? répéta Suzanne. À notre âge, on n'a plus ce genre de pudeur. Si ce n'est pas maintenant que l'on peut confier ce que l'on pense, alors…

– Très bien ! répondit Alice à la vieille institutrice. Qui veut commencer ?

La jeune femme ne vit pas passer les deux heures qui suivirent. L'auditoire était très respectueux de celles et ceux qui prenaient la parole. On entendait parfois quelques chuchotements ou quelques exclamations. On pouvait apercevoir quelques larmes rapidement écrasées, aussi.

– Et toi, ma belle, demanda Germaine quand chacun se fut exprimé, c'est bien joli de nous faire écrire et parler, mais on aimerait bien t'entendre, nous aussi ! Allez ! Nous t'écoutons !

Alice recula d'un pas, comme pour se protéger de l'ordre intimé par la vieille dame dont les sourcils se fronçaient de plus en plus dangereusement. Que faire ? Il aurait été si facile de prétendre ne rien avoir écrit, ne pas avoir apporté son texte ou ne plus l'avoir en tête… Qu'est-ce qui la décrédibiliserait le plus à leurs yeux ? Une dérobade ? Ils le verraient si elle mentait : elle rougissait pour un oui ou pour un non… Un récit moins bon que le leur ? Eh oui, c'était cela… Leur jugement l'angoissait, car elle commençait à s'attacher à eux.

– Eh bien ? reprit Germaine. Nous attendons !

– Ce n'est pas à moi de monopoliser la parole, déclara Alice avec raideur en reculant encore d'un pas. Tout cela, je l'ai imaginé pour vous. Je suis là pour vous, pas pour me mettre en avant…

– Pour nous, pour nous… C'est vite dit ! coupa Germaine en agitant bruyamment son déambulateur. Je vais te dire, ma belle, tu es bien gentille, mais si tu continues à faire cette mine de papier mâché, on risque de vite s'ennuyer !

Un silence gêné s'installa dans la pièce. On n'entendait plus, en provenance du couloir, que le dialogue de sourds qu'échangeaient patiemment une soignante et une pensionnaire dont la quasi-intégralité du lexique était effacée et remplacée par des « dessus-dessus » aux inflexions reconnaissables entre mille. Marthe décocha un coup de coude à Germaine dans l'espoir de la faire définitivement taire. Mais c'était inutile, l'énergique vieille dame en avait terminé. Ce fut Suzanne qui reprit la première la parole :

– Ce que Germaine veut dire, Alice, c'est que nous aimerions vous connaître un peu mieux... Ça nous ferait plaisir, tout simplement. Lancez-vous, vous verrez que ce n'est pas si terrible.

Alice hésita encore quelques instants. Chacun semblait suspendu à sa décision. Elle finit par tirer son poème de sa sacoche.

– « Il était fort beau, mon voisin »...

– Bravo ! acclama Pierre, le poète, à l'issue de sa lecture.

– Est-ce que c'est vrai ? demanda Germaine. Je sais que tu as posé la question à Suzanne. Et à Marthe, aussi.

Alice estima qu'elle s'était déjà suffisamment fait violence. Elle botta en touche, aussi fermement qu'elle le put.

– Ça, Germaine, vous ne le saurez peut-être jamais.

– Si, ma belle, fit la vieille dame à mi-voix... Je peux lire la réponse dans tes yeux.

Chloé était toujours là. Elle connaissait bien Germaine et savait qu'elle n'était pas méchante. La jeune ergothérapeute n'avait donc pas jugé utile d'intervenir, laissant à Suzanne le soin d'arrondir les angles.

– Merci pour eux, dit-elle simplement à Alice. Là, je suis pressée, ajouta-t-elle en enfilant sa veste rebrodée de grosses fleurs orange, mais il faudra absolument que nous prenions le temps de discuter la semaine prochaine ! À bientôt !

Et elle lui fit la bise aussi naturellement que si elles avaient été copines depuis toujours.

Alice en resta sans voix. Depuis combien de mois – combien d'années, même – une personne de son âge ne lui avait-elle pas témoigné pareille marque de familiarité ? Banale, quasi mécanique, la bise de Chloé ? Aux yeux de n'importe qui, oui. Mais sur Alice, qui prenait conscience du désert social qu'était devenue sa vie, cette bise avait eu un effet presque enivrant.

Chloé

À Saint-Mihiel comme à Commercy, Alice nota chez les anciens une envie sincère d'entendre les textes de chacun. Avec une différence non négligeable, toutefois : personne à la Maison Saint-Joseph n'eut la hardiesse de Germaine. Personne ne lui demanda de se prêter publiquement à l'exercice. Ce dont elle ne se plaignit évidemment pas, et qui lui permit de se détendre. Alors qu'elle s'apprêtait à regagner sa voiture, elle eut l'excellente surprise de croiser Chloé. Comme elle, la jeune ergothérapeute partageait son temps entre les deux maisons de retraite.

– Si on se faisait un ciné toutes les deux ? suggéra Chloé tout à trac. *Indian Palace 2*, ça te dirait ? J'ai toujours trouvé que notre Suzanne ressemblait comme deux gouttes d'eau à Maggie Smith.

– Ah ! Toi aussi tu as remarqué cette ressemblance ! s'exclama Alice. J'ai revu *Indian Palace* il n'y a pas si longtemps, juste après ma rencontre avec Suzanne.

– Alors banco ! Il y a une séance ce soir à 19 heures, au cinéma de Commercy. C'est bon pour toi ?

Alice se mordilla la lèvre.

– Tu es sûre que ça ne t'ennuie pas ? On se connaît à peine…

– Raison de plus ! C'est l'occasion ou jamais de faire connaissance !

– Alors ça marche ! accepta Alice en songeant sans regret au triste plateau-ordi qui l'attendait ce soir-là comme tous les autres.

La crêperie qui faisait face au cinéma était encore ouverte à l'issue de la séance. Alice et Chloé s'y attablèrent sans hésiter. Elles tenaient enfin l'occasion de faire connaissance autre part qu'entre deux portes ou dans un couloir. Alice commanda une crêpe forestière. Chloé se décida pour une Océane. L'endroit était chaleureux et décoré avec sobriété. Alice apprécia que les patrons aient épargné à leurs clients les sempiternels filets de pêche tendus au plafond, les photos kitsch de phares battus par les vagues, les posters de chalutiers et autres étoiles de mer clouées aux murs. Chloé était aussi expansive qu'Alice était réservée. Une petite lueur malicieuse, enfantine encore, brûlait constamment dans ses yeux noisette. Ce fut elle, une nouvelle fois, qui prit l'initiative de la conversation.

– Tu es du coin ? demanda-t-elle à Alice

– Oui. J'ai grandi ici. Enfin, à Heudicourt… Mais j'ai passé un an à Londres, puis huit ans à Paris.

– Pour tes études, j'imagine… T'as fait quoi ?

– Socio… Et je m'en mords les doigts.

– Pourquoi ? Ça doit être super intéressant !

– Oui. Sauf que moi, ça m'a mise sur l'orbite du chômage. Et de la déprime par la même occasion… Mais il me semble que je commence à reprendre du poil de la bête depuis que Les Mirabelliers et la Maison Saint-Joseph ont adhéré à mon projet d'atelier d'écriture…

– C'est sûr qu'avec nos pensionnaires, tu ne risques pas de t'endormir ! Tu vas voir, tu vas tous les adorer quand tu les connaîtras mieux.

– Même Germaine ?

– Même Germaine.

– Je ne demande qu'à te croire…

Alice marqua une pause avant de reprendre :

– Et toi, Chloé, tu viens d'où ?

– Je suis une Parisienne. Une vraie de vraie.

– Comment t'as atterri ici ?

– Le boulot, évidemment… C'est si attractif, ici !

– Oh…

– Je plaisante ! Mon compagnon est originaire de Bar-le-Duc. Il ne se voyait pas vivre à Paris. Il disait qu'il y étouffait. Alors il m'a entraînée dans sa campagne… Et je l'ai suivi sans hésiter.

– Il fait quoi ?

– Médecin. Généraliste.

– Ouaaah ! Il défie toutes les statistiques ! Il doit crouler sous la patientèle ! Les jeunes médecins de campagne ne courent pas les rues par chez nous…

– Qu'est-ce qui te dit qu'il est jeune ? demanda Chloé dont les yeux pétillaient plus que jamais.

Mince. Encore une boulette. Alice était la spécialiste de ce genre de gaffes. La plus mémorable, elle frémissait rien que d'y repenser… Ce jour-là, elle s'était répandue sur le ridicule des concours canins en présence de la mère d'une copine dont le caniche n'en manquait pas un. La jeune femme baissa piteusement la tête sur la crêpe au sirop d'érable qu'elle avait choisie en dessert et bredouilla des excuses embarrassées. Chloé leva les yeux au ciel.

– Ne te mets pas martel en tête, Alice ! Il a trente-deux ans ! Et toi ? Tu es casée ?

– Non. Et je ne l'ai jamais été. Trop absorbée par ces études à la con qui ne m'ont menée nulle part… À part à la case départ, à Heudicourt, où je vis dans la maison de ma grand-mère, sponsorisée par mes parents…

– Stop, stop, stop, stop, stop ! Alice, je te le déclare solennellement, ce soir : les ruminations n'ont pas droit de cité. Tu sais à qui tu me fais penser ?

– Dis-moi…

– À Laurèle et Hardie.

– Laurel et Hardy ?! Alors là, j'ai beau chercher, je ne vois pas…

Chloé éclata de rire et épela :

– Laurèle, L A U R È L E, et Hardie, H A R D I E. Mes deux chattes. Une grosse et une petite. Je les ai recueillies. Et nourries. Et adoptées. J'adore les causes perdues ! Déjà quand j'étais petite, je ramassais tous les pigeons blessés des parcs de Paris pour les ramener chez moi. Ma mère était verte ! Mais j'arrivais presque toujours à les remettre sur pied. Enfin, sur patte...

– Donc, si je te suis bien, je suis une cause perdue... dit Alice en repensant aux propos tenus par Germaine quelques jours plus tôt.

– Pas tout à fait ! Ma vieille, c'est ton jour de chance ! Ta timidité, ta déprime et toi, je vous prends sous mon aile protectrice. Et réparatrice, *of course.*

Alice ne savait trop si elle devait se vexer, s'enthousiasmer ou se répandre en remerciements.

Lâcher prise. C'était peut-être cela qu'elle devait faire. La personnalité tout entière de Chloé était une invitation au lâcher-prise. Alice s'en faisait la réflexion, quand le propriétaire de la crêperie toussa exagérément. Elle jeta un œil à sa montre : 23 heures passées. Déjà.

– Je crois que nous devrions partir, fit-elle à regret.

Chloé avait elle aussi perçu l'impatience du patron. Il ne restait plus qu'elles deux dans le petit restaurant, depuis longtemps. Elle endossa son duffle-coat vert pomme en décochant son plus beau sourire au restaurateur. Les deux jeunes femmes tombèrent d'accord pour partager l'addition, puis allèrent affronter le froid vif de ce décembre meusien.

– Bon ! décida Chloé en enfilant ses gants de laine rose framboise. Maintenant, je vais te présenter à Laurèle et Hardie. Elles adorent les nouvelles têtes ! Et comme j'habite à deux rues d'ici… En revanche, tu ne verras pas Vincent, il est de garde toute la nuit…

Alice ne se fit pas prier pour accepter. Depuis quand n'avait-elle plus été invitée chez quelqu'un ? Déjà, elle s'emballait à l'idée que se profilait peut-être sa première nuit blanche entre copines. Car elle n'avait jamais fait ça auparavant, même à Paris. Trop sage, trop raisonnable, trop jalouse de ces précieuses heures d'un sommeil réparateur qui devait lui permettre de ne pas perdre une miette des cours du lendemain. Trop dépendante, aussi, de ces indispensables heures calmes de la soirée dévolues à la rédaction de son mémoire.

Un anachronisme ambulant, une espèce d'archétype du rabat-joie estudiantin au XXIe siècle. Voilà ce qu'elle avait été.

Voilà ce qu'elle était toujours, d'une certaine manière.

Il n'avait fallu que quelques heures à Chloé pour s'en rendre compte. Et elle n'avait pas pris ses jambes à son cou. Mieux, avec humour, elle avait fait l'offrande de sa joie de vivre à Alice. La jeune autoentrepreneure vivait repliée sur elle-même depuis des années, mais elle n'était pas d'un naturel ingrat. Elle savait ce qu'elle devait à ses parents. Elle savait ce que Chloé et ses petits vieux attendaient d'elle. Alice n'avait plus aucune excuse. Ce lâcher-prise coloré que personnifiait Chloé, elle voulait l'expérimenter, elle aussi. Cette résolution était divinement grisante. Bien plus, en tout cas, que le cidre bon marché qu'elle avait siroté toute la soirée.

– Je suis prête ! annonça-t-elle en glissant sous celui de Chloé son bras engoncé dans les pneus de sa grosse doudoune noire. Allons dire bonsoir à Laurèle et Hardie.

L'appartement de Chloé et Vincent était spacieux. Il était surtout à l'image de Chloé – chamarré. On s'y sentait bien. Une fois installée devant sa tasse de tisane à la mélisse – à ce régime-là, tout compte fait, elles ne tiendraient pas toute la nuit… –, Alice se lança dans le récit de l'histoire de Georges et d'Élisabeth. La guerre, la résistance, leur incroyable coup de foudre que les années n'avaient, semble-t-il, émoussé ni pour l'un ni pour l'autre… Elle parla ensuite de ses interrogations à elle : que faire, que dire, comment les réunir ?

Chloé l'écouta avec une concentration qu'Alice n'aurait jamais soupçonnée de la part d'une personne aussi juvénile et décontractée. Après un long silence – encore une surprise pour Alice –, la jeune ergothérapeute déclara :

– À la question « le choc de la révélation les expose-t-il à une quelconque attaque ? », la réponse est à mon avis non. Je participe aux réunions de synthèse avec les médecins qui les suivent l'un et l'autre. Je crois pouvoir l'affirmer sans trop m'avancer et sans trahir le secret médical.

– C'est déjà un bon point… murmura Alice.

– À la question « dois-tu tout leur révéler ? », la réponse est non également.

– Mais c'est cruel… Je ne peux pas garder une telle découverte pour moi ! se récria Alice.

Chloé se réjouit de l'indignation qui animait enfin les traits pâles, mais fins et agréables, de sa nouvelle amie.

– Attends que j'aie terminé avant de te mettre dans tous tes états ! Bien sûr, qu'ils doivent se retrouver ! Mais je suis persuadée qu'ils doivent comprendre seuls. Cela te dédouanera d'éventuelles déconvenues, et surtout, ce sera encore plus délicieux pour eux…

– Alors tu suggères quoi ? demanda Alice, perplexe.

– Une petite fête entre maisons de retraite…

Le visage d'Alice s'éclaira et Chloé songea qu'elle était beaucoup plus jolie qu'il n'y paraissait au premier abord.

– C'est une idée formidable ! s'exclama Alice. On pourrait faire ça quand ? Où ?

– La salle de convivialité de Saint-Mihiel est deux fois plus grande que celle de Commercy. C'est là que doit avoir lieu la rencontre. Il faudrait mettre les deux chefs au courant, bien sûr. Et réserver un minibus. Ça devrait être assez simple à organiser.

– J'aurais tant aimé leur faire ce cadeau pour Noël !

– Le timing est trop court. Mais c'est peut-être jouable pour l'Épiphanie… Tu sais qu'en Espagne, ce sont les Rois mages qui apportent les cadeaux ? Ma grand-mère paternelle est espagnole et je suis très attachée à cette coutume.

– Ici, la Saint-Nicolas aurait fait l'affaire également, intervint Alice, mais c'était hier. Dommage…

– Si on n'arrive pas à exécuter notre plan autour d'une galette, on visera les crêpes de la Chandeleur… Car depuis ce soir, nous formons un tandem de choc baptisé à la pâte à crêpes…

– C'est vrai ! acquiesça Alice dans un bâillement. Mais ça me paraît si loin, la Chandeleur ! Et ils sont si âgés… acheva-t-elle dans un souffle superstitieux et fatigué.

– Il va vraiment falloir que je t'apprenne à cultiver l'optimisme ! décréta Chloé dans un rire. Et mon petit doigt me dit que je vais avoir du boulot ! Heureusement, ça ne me fait pas peur, ajouta-t-elle en attrapant les deux chattes qu'elle avait arrachées au vagabondage.

Cette dernière remarque fut perdue pour Alice qui s'était soudainement endormie sur les coussins brodés de papillons multicolores du canapé. Chloé avait trouvé la solution. C'était tout ce dont elle avait besoin pour sombrer dans les bras de Morphée.

DEUXIÈME PARTIE

Les collages à la Prévert

Madame le maire

La municipalité de Saint-Mihiel était satisfaite. Très satisfaite, même. Enfin, il eût été plus exact de dire que c'était Mme le maire qui était satisfaite, son conseil municipal n'ayant que faire des recrues de l'association qui gérait la Maison Saint-Joseph.

Mme le maire était la fille de Lucien. Féministe jusqu'au bout de ses ongles impeccablement manucurés, elle s'entêtait à se faire appeler « madame *le* maire », curieux paradoxe qu'elle justifiait ainsi : « Le *le* assied l'autorité. C'est bien dommage, mais c'est comme ça ! Et puis, Mme *la* maire, ça sonne comme Mme *la mère*. Mme *maman*, quoi ! Mme *la mère* ! La mère de qui ? De tout Saint-Mihiel ? Pourquoi pas de toute l'humanité, tant qu'on y est ? Et puis quoi encore ! Pour un peu, on me confondrait avec la Sainte Vierge ! »

Mme *le* maire, donc, rendait visite à son père tous les jours sauf le jeudi – pas de chance, c'était le jour d'Alice – et avait été plus que favorablement impressionnée par les deux textes qu'il lui avait fait lire. Depuis lors, elle avait très envie de faire la connaissance de la jeune intervenante. Elle n'était pas du genre à verser dans la sensiblerie, Mme le maire, mais à la lecture de *La Hurée des Bures*, elle avait bien cru qu'elle allait fondre en larmes, tant ses souvenirs d'enfance avaient refait surface avec précision et bonheur. Quand elle était petite, son père – alors plus tendrement conscient qu'il était son père et qu'elle était sa fille – la lui racontait si souvent, cette histoire de sanglier…

Et cet autre texte ? Elle avait su par Julien (le soignant préféré de Lucien) qu'Alice avait passé beaucoup de temps à guider le vieil homme dans sa rédaction. Mais qui eût cru que Lucien avait reçu de l'aide ? Sa production lui ressemblait tellement ! Ou plutôt, elle ressemblait à l'homme qu'il avait été. Avant. Avant le tsunami mnésique provoqué par la maladie. Alice avait fait écouter aux anciens une valse de Chostakovitch – pas celle qu'on nous serinait tout le temps à la publicité, non, une autre, sa cousine, beaucoup moins connue – et leur avait demandé d'élaborer une histoire à partir de la musique. *Elle a vraiment de bonnes idées, cette petite…* s'était dit Mme le maire, qui en avait eu une à son tour.

Et c'est ainsi qu'en ce 23 décembre, Alice se retrouva à nerveusement triturer son mouchoir dans le bureau de l'imposante Mme le maire de Saint-Mihiel. Cette dernière entra sans attendre dans le vif du sujet.

– Je trouve votre atelier des souvenirs positivement fan-tas-tique ! s'exclama-t-elle.

Alice, qui, à sa réception, avait eu le sentiment que l'« invitation » de Mme le maire tenait plutôt de la convocation que de l'entretien de courtoisie, poussa un discret soupir de soulagement. Elle trouvait très jolie la confusion de son interlocutrice, « l'atelier des souvenirs » au lieu de « l'atelier d'écriture ». Cela sonnait drôlement bien. Et vraiment juste, aussi…

– Je suis la fille de M. Grandjean, continua Mme le maire. Lucien Grandjean. Un des participants à votre atelier.

– Oui, bien sûr, dit Alice qui reprenait ses marques. Je ne le connais que depuis un mois, mais j'éprouve déjà beaucoup de sympathie pour lui. Il me parle souvent de ma grand-mère, qu'il a apparemment bien connue dans sa jeunesse…

– Je vous crois bien volontiers ! Les textes qu'il écrit sous votre houlette sont valorisants pour lui. Et à moi, ils font beaucoup de bien ! Que demande le peuple ?

– Tout est effectivement pour le mieux… appuya Alice, qui se demandait si c'était là le seul motif de sa « convocation ».

– Je n'irai pas par quatre chemins. J'ai une proposition à vous faire…

– Oh…

– Une offre d'emploi. Avez-vous d'autres contrats que ceux qui vous lient aux maisons de retraite de Saint-Mihiel et de Commercy ?

– Hélas, non…

Mme le maire, qui s'en doutait, enchaîna :

– Vous avez entendu parler de la réforme des rythmes scolaires ?

– Comme tout le monde, oui… Le débat a été vif à ce propos…

– Vif ? C'est un euphémisme ! Rassurez-vous, nous n'allons pas le remettre sur la table. Si vous êtes ici, c'est que j'ai besoin de vous.

– Besoin de moi ? répéta bêtement Alice, incrédule.

– Ici, nous ne sommes pas dans les clous, si vous voyez ce que je veux dire… Nous ne proposons aucune activité périscolaire après quinze heures. C'est bien dommage, mais c'est ainsi. Je ne vous dis pas la tête que font les parents ! Nous n'avons trouvé personne qui propose quoi que ce soit. Ou alors, les prix étaient absolument prohibitifs.

– Je vois…

– C'est donc là que vous entrez en scène. J'ai pris la liberté – j'espère que vous ne m'en voudrez pas – de consulter la convention que vous avez signée avec la Maison Saint-Joseph. Elle me va tout à fait.

Mme le maire se redressa de toute sa petite taille juchée sur d'incroyables talons, et poursuivit :

– Je vous propose de signer une convention dans les mêmes termes (salaire y compris) avec la commune. Pour six mois, de janvier à la fin de l'année scolaire. J'ai déjà l'accord de principe du conseil municipal. Vous interviendrez trois fois une heure et demie à l'école après la classe. J'ai pensé à tout ! On appellera ça « l'atelier de créativité ». « L'atelier des souvenirs », ça ne va pas pour des enfants, je pense que vous en conviendrez…

Alice était tout à fait disposée à en convenir, mais Mme le maire ne lui laissait pas l'occasion de placer un mot.

– Vous aurez carte blanche ! continuait l'édile. Vous êtes pleine de ressources, je le vois bien ! Je suis sûre que vous aurez l'idée de nombreuses activités qui sollicitent l'imagination ! Je vous fais entière confiance…

– … Ce qui m'honore, parvint à caser Alice. Moi non plus, je n'irai pas par quatre chemins, madame. J'accepte avec grand plaisir votre proposition !

– Alors, c'est entendu ?

– C'est entendu, oui ! Merci infiniment ! Je fourmille déjà d'idées… J'espère qu'elles vous donneront satisfaction.

Mme le maire se rengorgea. Elle avait rondement mené l'affaire, comme toujours. Alice sourit : la fille de Lucien était manifestement une femme à qui il était difficile de dire non.

Les écoliers

Alice avait un peu le trac. Rectificatif : elle avait *beaucoup* le trac. Si elle avait déjà dispensé de nombreux cours particuliers à des collégiens ou à des lycéens, ce serait la première fois qu'elle aurait affaire à un groupe d'enfants de primaire. Avec ce public, elle savait ne pas avoir droit à l'erreur. Ils allaient la tester. Leur opinion à son sujet serait vite faite. Et si ça se passait mal, il faudrait ramer durant des semaines pour rattraper le coup. La directrice de l'école dont elle allait investir la salle de motricité trois fois par semaine lui avait parlé en termes élogieux de chacun des enfants inscrits à son atelier. Aucune des petites terreurs de l'établissement ne serait là. C'était plutôt rassurant.

Il était 15 heures. L'heure de la prise de contact. Alice jeta un coup d'œil par la fenêtre. De gros flocons s'écrasaient sur le macadam de la cour de récréation. Pas de veine. Elle avait toujours entendu dire que les enfants étaient intenables quand il neigeait. Elle porta à sa bouche le spray de Fleurs de Bach que Chloé lui avait donné en même temps qu'un manuel de méditation en pleine conscience, un CD de chants de baleines et des bâtons de marche nordique – autant dire la panoplie déstress dans son intégralité. Elle inspira un bon coup et visualisa Germaine lui bottant le derrière en hurlant « *Keep cool !* »

La porte de la salle de motricité s'ouvrit brusquement sur une quinzaine d'enfants, dont le plus jeune devait avoir six ou sept ans, les plus âgés dix ou onze. Sans même y avoir été invités, ils s'installèrent autour du grand îlot qu'Alice avait constitué en assemblant huit tables qu'elle avait trouvées poussées contre les murs. Puis ils la dévisagèrent en la gratifiant de bonjours plus ou moins audibles. Voilà. On y était.

– Bonjour, les enfants, je suis Alice. Alice Bonvillet. À partir d'aujourd'hui, nous nous verrons trois fois par semaine après la classe, les lundis, mardis et vendredis. Je vous proposerai des activités créatives…

– C'est quoi « créatives » ? demanda la plus jeune des enfants.

– Tu t'appelles ? demanda à son tour Alice en l'encourageant d'un sourire.

– Lilou…

– Est-ce que quelqu'un saurait expliquer ce qu'est la créativité à Lilou ?

– Moi ! fit un garçon aux yeux et cheveux noirs.

– Ton prénom ?

– Mathis. Je suis en CM2. La créativité, c'est quand on a plein d'idées pour faire de l'art.

Alice opina du chef.

– Quelqu'un veut ajouter quelque chose ?

– Moi ! Je m'appelle Emma. Je suis dans la même classe que Mathis. La créativité, c'est quand on exprime ce qu'on a dans le cœur. Par exemple, si on est en colère, on dessine du rouge partout…

– Alors si on est content, on met du jaune, décréta Lilou. Et donc, tous les dessins sont créatifs.

– Oui, du moment que tu y mets tes idées à toi et tout ton cœur, répondit Alice.

– Il n'y a pas que les dessins qui soient créatifs, intervint encore Emma. Moi, je fais de la danse. J'aime bien inventer des chorégraphies. Ça aussi, c'est créatif.

Elle se leva et multiplia les poses en prenant un air si pénétré qu'Alice dut se mordre la langue pour ne pas éclater de rire.

– Dans *Le Meilleur Pâtissier*, la troisième épreuve s'appelle l'« épreuve créative ». Les candidats doivent inventer une recette de gâteau, expliqua un garçon, Timéo, qui était resté en retrait jusque-là.

– Bien vu ! le félicita Alice. Inventer quelque chose de nouveau, d'unique, c'est créer. Cette fois, c'est clair pour tout le monde, je crois. Que ce soit en chantant, en dansant, en composant de la musique, en peignant, en cuisinant, en inventant des engins ou je ne sais quoi encore, chacun peut être créatif. Il suffit d'un peu d'imagination.

– Et si je n'ai pas d'idées, s'inquiéta Samira, une fillette de l'âge d'Emma, ça veut dire que je suis nulle ?

– Bien sûr que non ! se récria Alice en se précipitant vers elle pour la prendre dans ses bras. Ne pense jamais ça. Tu n'es pas nulle ! Personne n'a le droit de se juger aussi sévèrement. Ni de juger aussi sévèrement les autres. Personne.

– Je comprends, répondit gravement Samira. Tu es gentille.

C'est alors qu'Alice les sentit monter. Du plus profond de son être. Des larmes d'un genre nouveau menaçaient de la submerger. Pour une fois, elles n'étaient pétries ni d'amertume ni de frustration. C'étaient des larmes de libération qu'elle aurait voulu laisser couler encore et encore. Comme une purge des regrets et rancœurs accumulés. Elle les étouffa pourtant dans un sanglot, que les enfants prirent heureusement pour un hoquet.

Elle non plus n'était pas nulle. Elle avait même beaucoup à donner. À ses petits vieux, et aussi à ces enfants dont l'enthousiasme et la fraîcheur avaient le pouvoir d'effacer toutes ses aigreurs.

À moins que ce ne fût l'effet zénitude des Fleurs de Bach ! Mais Alice en doutait.

C'était plutôt l'effet de sa nouvelle vie.

La séance touchait à sa fin, quand Lilou remarqua deux grands paniers qu'Alice avait apportés. Elle s'en approcha.

– Il y a quoi, là-dedans ? demanda-t-elle.

– Le matériel nécessaire à notre premier atelier. Un atelier de collages.

– On peut voir ?

– D'accord. Je vous montre et je vous explique rapidement, mais on ne pourra vraiment s'y mettre que demain !

Alice sortit de ses paniers quantité de catalogues en tout genre (bijoux, éditeurs de livres d'art, jouets, mobilier, vêtements… et même un catalogue de thé). Elle en tira aussi des revues de décoration d'intérieur, des magazines spécialisés dans la réalisation d'ouvrages au point de croix, des revues de jardinage ainsi que de nombreuses plaquettes touristiques vantant les beautés des Pyrénées, où elle avait passé ses dernières vacances avec ses parents. Elle avait sélectionné très peu de brochures où figuraient des animaux, pressentant que les enfants se les disputeraient sans piocher dans les autres banques d'images, moins familières pour eux. Elle avait d'ailleurs déjà décidé qu'ils n'auraient droit chacun qu'à un animal par collage.

Le lendemain, les enfants étaient prêts. Impatients et fin prêts. Les plus grands avaient même pris l'initiative de sortir de leurs trousses ciseaux et tubes de colle. À la demande d'Alice, les plus jeunes les imitèrent. Puis elle étala devant elle sa provision de catalogues et de brochures. Les enfants se jetèrent dessus aussi rapidement qu'une volée de moineaux sur les miettes échappées d'un sandwich. Alice eut quelque peine à faire rasseoir sa flopée d'écoliers mais, plus excitée qu'eux encore, elle renonça à brider leur enthousiasme en exigeant le silence.

Ils le firent d'eux-mêmes quand elle entreprit de leur montrer un album reproduisant des collages de Jacques Prévert. Timéo tint à réciter la « Page d'écriture », qu'il avait apprise avec son maître juste avant les vacances de Noël. Les autres commentèrent avec passion les scènes étranges conçues par l'imagination fertile du poète.

Et le moment tant attendu arriva. Alice distribua à chaque enfant un bristol de format A5 qu'elle assortit de consignes précises. Les écoliers devraient inventer des êtres hybrides mi-animaux et mi-objets, mi-humains et mi-choses… À la fin de l'activité, les carreaux des bristols devraient être entièrement recouverts par les collages. Alice l'expliqua aux enfants : les images seraient leurs guides, pas l'inverse, sous peine de ne jamais trouver les illustrations qu'ils avaient en tête et de manquer la délicieuse sensation de se laisser surprendre, au fil des pages des magazines, par d'insolites rencontres. Elle leur promit qu'en feuilletant les catalogues, ils seraient attirés par des couleurs, des visages, des paysages inspirants. Leurs têtes allaient fourmiller d'idées. Ce serait magique.

– On peut en faire plusieurs ? demanda Emma.

– Commence déjà par une première composition… Je préfère un unique et beau collage à deux ou trois complètement bâclés. Ah ! J'oubliais… Pas de disputes ! Il y a assez d'images pour tout le monde. Quand vous aurez terminé de feuilleter un catalogue, vous le replacerez au milieu de la table afin qu'il serve à quelqu'un d'autre, et ainsi de suite. Et maintenant, trois, deux, un… Découpez !

Alice se félicita du déroulement de la séquence. Elle alla d'un enfant à l'autre, dispensant des conseils ici, repositionnant une image là… Elle prit part à leurs petits échanges ; elle rit avec eux. Elle se régalait. Du haut du petit nuage rose sur lequel elle avait l'impression de flotter, elle nota que tous usaient et abusaient des belles volutes colorées qui ornaient le haut et le bas des pages d'un gros programme de manifestations culturelles en pays de Comminges. Ces vagues bleues, vertes, brunes… dessinaient des fonds, se transformaient en nuages ou encore en queues de sirènes au gré des idées des enfants. Aucun n'avait résisté à l'attrait bariolé de ces ondulants graphismes.

À la fin de la semaine, quinze compositions cartonnées s'alignaient, punaisées sur les grands panneaux en liège de la salle de motricité. Alice était très fière de ses petits artistes en herbe. Il y avait là une « femme-rideaux coiffée de tulipes », une « secrétaire-ballons multicolores », « deux enfants-boules irisées », un « ours en Lego jaune rocking chair », un « paon-horloge comtoise », un « pèlerin de Saint-Jacques au chapiteau roman », une « marmotte-coupe à cocktail », une

« fillette-fruits », un « bébé-téléphone », une « odalisque-poignée de porte »... Le tout formait une mosaïque prodigieusement surréaliste. Alice avait demandé à chaque enfant de donner un titre à son collage. Elle avait soigneusement répertorié ces titres dans le carnet à idées qui ne la quittait jamais, après avoir invité leurs auteurs respectifs à les tenir secrets.

Le lundi suivant, Alice décrocha les compositions et les distribua au hasard en priant chacun de donner un titre au collage qu'il recevait. La confrontation de ces trouvailles avec les appellations originelles – dont le secret fut solennellement levé – fut le prétexte à des débats et commentaires animés.

Alice demanda enfin au groupe de choisir un des collages pour servir de point de départ à un travail collaboratif d'invention. Elle projetait de faire écrire aux enfants un conte dont elle espérait qu'il deviendrait une pièce de théâtre, laquelle pourrait faire l'objet d'une représentation en fin d'année... Mais elle s'emballait peut-être. Sûrement, même... Quoi qu'il en soit, le « paon-horloge comtoise », rebaptisé le « paon-dule » par Mathis, remporta la majorité des suffrages. C'était parti pour trois ou quatre semaines d'écriture. L'écriture... Les anciens de Saint-Mihiel et de Commercy s'invitèrent dans les pensées d'Alice. Et si elle leur montrait les collages des enfants ? Quelles histoires en tireraient-ils ?

La pin-up hawaïenne

– Je peux ? demanda Chloé en s'emparant des photocopies des collages qu'Alice venait de sortir de sa sacoche.

– Seulement si tu as de bonnes nouvelles pour moi, répartit Alice en lançant un regard appuyé en direction de Georges.

– Bon, alors, je peux ! Tout est OK. C'est pour la Chandeleur. À Saint-Mihiel, comme prévu.

Alice faillit sauter au cou de son amie. Elle se retint néanmoins, consciente que Germaine, comme toujours, les observait sans complexe. Elle chuchota :

– Tu restes ?

– Oui, répondit Chloé sur le même mode. J'ai fini pour aujourd'hui et je suis curieuse de voir ce que tu vas faire de ces bricolages de gamins que tu nous as rapportés.

– Super ! Alors on leur annoncera ensemble la grande nouvelle à la fin de l'atelier.

– Ça marche !

À voix haute, Alice s'adressa à son petit groupe de retraités en brandissant les compositions des enfants :

– Les enfants dont je m'occupe à Saint-Mihiel ont réalisé ces collages. J'aimerais que vous en choisissiez chacun un, et que vous fassiez de l'être hybride qui y est représenté le héros d'une histoire.

– On pourrait avoir un exemple ? demanda Marie qui, malgré ses 78 ans bien sonnés, manquait autant de confiance en elle qu'une toute jeune fille.

Alice allait répondre que c'était inutile, quand Chloé lui vola la parole en même temps qu'une composition qu'elle avait repérée dès son arrivée.

– Je me dévoue pour l'exemple ! proclama-t-elle en montrant son trophée aux anciens. Ce collage m'a vraiment tapé dans l'œil !

– Parce qu'il est aussi coloré que vous, chère demoiselle, intervint Pierre.

Chloé réajusta ostensiblement la robe psychédélique crochetée tout droit sortie des années soixante-dix qu'elle portait ce jour-là, et poursuivit en lançant une œillade malicieuse au vieux monsieur :

– Possible... Ce n'est pas à vous que j'ai besoin d'expliquer qu'on ne se refait pas ! Je disais donc que j'étais très attirée par ce petit chef-d'œuvre. Et voici ce qu'il m'inspire.

Elle toussota avec emphase avant de déclamer :

« Il était une fois une jolie jeune femme aux yeux de biche, au carré légèrement ondulé, aux sourcils bien dessinés et au sourire Ultrabrite. Elle vivait à Hawaï au milieu de tout le décorum convenu : collier de fleurs, ukulélé, vagues turquoise, plages de sable fin, et *tutti quanti*... Elle sommeillait tranquillement sous un palmier, quand un sifflement aigu se fit entendre. Il provenait d'un tas de noix de coco. Tiens ? se dit la pin-up (elle avait un look très années cinquante), les cocos sifflent, maintenant ? Une petite tête facétieuse apparut. Une marmotte ! Une marmotte à Hawaï ! De quelle soute à bagages était-elle tombée ? Elle avait l'air d'avoir très chaud et très soif. Normal. Entre les Alpes et une île tropicale, il y a tout un monde climatique. La pin-up tendit son verre à cocktail à la marmotte, qui sauta dedans après une ébouriffante voltige. Le problème, c'est que l'animal resta coincé dans le verre, avec lequel il ne fit plus qu'un. La pin-up était navrée, vraiment navrée. Le petit animal gémissait si plaintivement… Non, vraiment… Se retrouver ainsi *verre-à-pied-ifiée* ! Pauvre, pauvre marmotte ! La pin-up ne pouvait décemment pas l'abandonner à son triste sort. C'est ainsi que la *marmotte-coupe à cocktail* devint son animal de compagnie inédit. Elle lui tricota un petit sac sur mesure qu'elle rembourra au niveau du pied de la coupe. Dans cet équipage, elle l'emmena partout avec elle. Absolument partout. En prenant mille précautions, bien sûr… Mais la marmotte et son sac rembourré étaient vraiment très, très encombrants. Si envahissants qu'aucun homme n'osa plus courtiser notre pauvre demoiselle, qui regretta amèrement jusqu'à la fin des jours de la petite bête (et ils furent plutôt longs) d'avoir dérogé aux principes les plus élémentaires d'une jeune fille bien élevée, en invitant un inconnu (même poilu et doté de quatre pattes) à partager son cocktail. »

Chloé termina en claironnant « Fin » et en plongeant dans une grandiloquente révérence sous une salve d'applaudissements amusés.

– Il y a quoi de vrai, là-dedans ?

– Pardon, Germaine ? Je ne vois pas ce qui pourrait être vrai dans cette histoire à dormir debout ! s'esclaffa Chloé.

– Il y a toujours du vrai. Depuis qu'Alice vient, je m'en suis souvent fait la réflexion en écoutant les uns et les autres. Il y a toujours quelque chose de vrai. Même si ce n'est qu'un minuscule détail…

Chloé prit l'air concentré qu'Alice lui avait déjà vu au restaurant, et déclara finalement :

– J'ai rencontré mon compagnon sous un cocotier… Je portais un collier de fleurs… Il m'a invitée à boire un cocktail. Mais c'était aux Antilles, et je jure que je ne le traite pas comme un animal de compagnie ! Quand il en a le loisir, il dort comme une marmotte, mais il est bien plus solide que l'inoffensive petite chimère de mon histoire !

– Voilà ! jubila Germaine. Qu'est-ce que je disais ? Il y a toujours du vrai ! Maintenant, ma petite Alice, fais voir ces images. Je sens qu'on va bien rigoler !

Ce qu'ils firent durant deux bonnes heures, à l'issue desquelles Chloé et Alice leur annoncèrent l'« après-midi crêpes » qui les attendait trois semaines plus tard à la Maison Saint-Joseph.

– En quel honneur ? demanda Pierre.

– Parce que nous travaillons toutes les deux à Commercy et à Saint-Mihiel ; parce que nous vous aimons tous beaucoup et que nous avions envie de vous réunir, l'espace de quelques heures… expliqua Alice.

– En fait, c'est par pur égoïsme ! coupa Chloé. Nous voulons vous avoir tous sous la main en même temps, c'est plus pratique…

– Alors, vous êtes partants ? Tout est organisé, vous savez ! supplia Alice.

– Il y aura un match retour chez nous ? demanda Georges.

– Pourquoi pas ?

– Alors, c'est bon !

Alice et Chloé prirent congé des retraités, enchantées de l'effet produit par leur petite annonce une fois le premier moment de surprise passé.

– On devrait se refaire un resto ! proposa Chloé.

– Bonne idée. J'aimerais bien que tu me présentes Vincent… Au fait, c'était vrai ?

– Quoi donc ?

– Ce que tu as raconté à Germaine tout à l'heure… Tu sais, les Antilles, le cocktail, Vincent qui dort comme une marmotte…

– Tu en penses quoi ?

Alice la dévisagea, perplexe.

– J'avoue que je ne sais pas… Germaine avait l'air de te croire, et elle est rusée comme un renard.

– Eh bien, elle a eu raison de me croire ! J'ai rencontré Vincent près de Fort-de-France il y a cinq ans, et il est conforme en tous points au portrait que j'en ai dressé. Tu sais, je partage l'opinion de Germaine, iI y a forcément de nous dans tout ce qu'on peut raconter dans tes petits ateliers…

– … Et ça fait beaucoup de bien de laisser ces petits bouts de nous s'exprimer. Depuis le jour où Germaine m'a obligée à lire mon poème, j'écris tous les soirs… Je me suis remise au violoncelle, aussi. Je l'avais trop délaissé.

– Tu vois que Germaine a ses bons côtés ! C'est vrai qu'elle a tendance à appuyer là où ça fait mal, mais sous ses airs revêches, elle a beaucoup d'intuition Et c'est une grande et belle qualité.

L'homme-violon

Alice avait la grippe. Les pensionnaires des Mirabelliers et de la Maison Saint-Joseph étaient tous vaccinés contre le virus, mais comme chacun sait, le vaccin n'est pas infaillible. Hors de question, donc, de prendre le risque d'exposer les retraités à une maladie potentiellement très grave. Chloé le lui avait interdit quand Alice lui avait téléphoné pour lui annoncer qu'elles devaient renoncer à dîner ensemble le lendemain, ainsi qu'elles l'avaient planifié.

Lorsque Chloé informa le petit comité de l'atelier d'écriture de Commercy de la maladie d'Alice, ce fut comme toujours Germaine qui réagit en premier :

– Tonnerre de Brest ! Elle nous manque déjà, cette petite. C'est bien simple, maintenant que, grâce à moi, elle nous abreuve de sourires, je ne peux plus me passer d'elle.

– C'est certain, renchérit Marthe. Moi non plus je ne peux plus me passer d'elle, surtout depuis qu'elle reste le soir pour que je lui apprenne à tricoter… Que va-t-on bien pouvoir faire sans elle ?

– J'ai une idée ! proclama Germaine qui n'en était jamais à court. Si notre belle Chloé peut rester, je suis sûre qu'elle acceptera de nous faire faire un peu de motricité fine, comme elle dit dans son jargon. Découper, c'est-y pas un bon exercice pour nos doigts tout rouillés ?

– Ça dépend pour qui… Et comment, aussi… commença Chloé. Mais que voulez-vous découper, Germaine ?

– Je crois que je sais ce qu'elle a en tête… dit posément Suzanne. Et je suis d'accord. Nous allons réaliser des collages à la Prévert, comme ceux qu'ont faits les petits de Saint-Mihiel. Et ensuite, nos compositions nous livreront leurs histoires. Ce sera une belle surprise pour Alice.

Germaine approuva avec vigueur, étonnée mais flattée de recevoir le soutien de Suzanne, d'ordinaire si peu loquace. Cette intervention inhabituelle de l'ancienne institutrice frappa également Chloé, qui capitula aussitôt.

– Aujourd'hui, je ne peux pas rester, mais je passe chez le directeur pour voir comment je peux remplacer vos séances individuelles de demain par cet atelier de découpage. Enfin, si tout le monde est d'accord…

C'était le cas. L'affaire fut entendue.

Les revues récupérées par Chloé dans les poubelles jaunes de sa rue – à la guerre comme à la guerre ! – allaient des plus courantes (*Rustica, Point de Vue*…) aux plus inattendues. Dans cette dernière catégorie, les douze numéros de *Classica* qu'elle dénicha tenaient le pompon. Les photos étaient superbes et évocatrices pour qui aimait la « grande musique », comme disait Pierre. Celui ou celle qui s'était délesté de cette collection avait fourni du pain bénit à la jeune ergothérapeute en mal de matière première. Sans vouloir tomber dans les clichés, en effet, Chloé misait davantage sur la musique classique que sur le rap pour divertir ses anciens. Quelques publicités et catalogues périmés complétaient sa moisson. « Qu'est-ce qu'il ne faut pas faire, parfois ! » s'était-elle dit en empilant ses trouvailles dans un grand carton de couches Pampers abandonné à côté des poubelles.

Lorsqu'elle distribua les ciseaux et la colle aux participants à l'atelier, elle savait qu'elle s'embarquait dans une véritable galère, entraînant dans son sillage Lise et Marine, les deux auxiliaires de vie qui allaient exceptionnellement l'assister. Pratiquement aucun des retraités n'était capable de réaliser un collage précis, qu'il ne voie plus assez clair ou qu'il soit perclus d'arthrose – quand ce n'était pas à cause d'une maladie neurologique plus grave –, soit un peu tout à la fois. Mais Chloé n'était pas du genre à renoncer. Elle était bien résolue à déployer l'énergie nécessaire à la réussite de cet après-midi pas comme les autres.

Marthe fut celle qui joua le mieux des ciseaux. De très loin, même. Était-ce parce qu'elle avait été coiffeuse ? Mais celle qui joua le mieux de la langue fut sans surprise Germaine :

– Je m'inquiète pour Alice, attaqua-t-elle à peine installée. Il ne faudrait pas que sa grippe la fatigue trop… Elle n'a que la peau sur les os. Vous avez remarqué, non ?

– C'est vrai, approuva Marthe. Mais c'était en train de s'arranger, elle reprenait même quelques couleurs… Espérons que son amoureux saura prendre soin d'elle et qu'il nous la rendra en pleine forme.

– Un amoureux ? glapit Germaine. D'où tu sors qu'elle a un amoureux ? Moi, je suis prête à parier qu'Alice vit seule.

– Je ne sais pas… J'ai dit ça comme ça… Tout le monde a un amoureux, non ?

– Pas moi ! Je n'en ai jamais eu, fit Germaine avec humeur avant de se tourner vers Chloé. Tu sais, toi, si Alice a quelqu'un dans sa vie ?

– Elle est célibataire… Mais ne vous en faites pas pour elle ! J'irai la voir. Et puis ses parents habitent juste à côté de chez elle…

– Tu vois, Marthe ! Il faut toujours que tu parles comme tu as le nez fait ! Comme chaque fois, j'avais raison. J'ai toujours su me débrouiller sans homme, mais Alice n'est pas comme moi. Il lui faudrait quelqu'un, à elle.

Chloé haussa les épaules et alla aider Pierre, Georges et Marie à l'autre bout de la salle, d'où elle n'entendit plus ce que se disaient les vieilles dames.

– Si vous voulez mon avis, continuait l'infatigable Germaine, Alice se remet difficilement d'un chagrin d'amour. C'est pour ça qu'elle avait toujours l'air si tristounet avant que je lui secoue les prunes.

– Ah ? Qu'est-ce qui te fait penser ça ? demanda Marthe.

– Le poème topographique, intervint Suzanne. Vous ne vous rappelez pas du « fort beau voisin Antoine » ? Je suis de l'avis de Germaine, il y a toujours du vrai dans ce que l'on écrit. Alice a eu une peine de cœur.

– Si seulement nous en savions plus ! déplora Marthe. Mais comment faire ?

– Si nous sommes habiles, nos collages nous aideront ! décréta Germaine. Son poème avait un rapport avec la musique, et voici justement plein de revues sur le sujet ! Mesdames, à vos ciseaux !

Lise et Marine n'étaient jamais en salle d'activité le mercredi, jour du rendez-vous hebdomadaire d'Alice. Elles ne connaissaient donc pas la jeune femme, et semblaient l'une comme l'autre imperméables aux hypothèses échafaudées par les comploteuses.

– Il n'y a rien à tirer de ces deux-là, marmonna Germaine entre ses dents avant d'avertir ses compagnes : n'oubliez pas qu'on va à la pêche aux souvenirs d'Alice. On laisse tomber l'évocation des nôtres, pour cette fois !

Sur fond sonore des poèmes de Prévert doctement récités par un Pierre dont la mémoire ne flanchait décidément pas, les trois vieilles dames produisirent six cartes :

– une « femme-violoncelle » qui fermait les yeux au milieu d'un champ de coquelicots, et une « fillette-harpe » entourée de poupées pour Germaine ;

– un « homme-violon » assis sur une pile de bois, et une « fleur-flûte traversière » plantée dans une forêt de pins pour Suzanne ;

– un « garçonnet-piano », qui se penchait d'un air interrogateur sur deux mésanges bleues, et un « panda-contrebasse » flottant au milieu de nuages cotonneux pour Marthe.

Elles avaient fini par se taire, Suzanne et Germaine se contentant de donner des instructions de coupe à leurs deux assistantes avant de reprendre la main pour laborieusement tartiner de colle leurs petits morceaux de papier. À l'issue de la séance, Chloé fut fermement briefée par ses patients : elle ne devait rien dire de leurs petits travaux à Alice. Mais il était inutile de l'en prier. Jamais leur ergothérapeute ne leur aurait volé la joie de leur surprise.

Ce fut une Alice plus pâle que jamais qui fit son apparition deux semaines plus tard, une fois le danger de contagion écarté. Elle fut émue aux larmes en découvrant les maladroits collages de « ses bons petits vieux », comme elle les nommait affectueusement dans son cœur. Chacun lut ou raconta les petites histoires qu'il avait associées à ses compositions, tandis que Germaine passait au scanner les réactions d'Alice, jusqu'à la moindre inflexion de ses traits fatigués. Et l'obstinée vieille dame trouva ce qu'elle cherchait.

Quand elle présenta au groupe sa « femme-violoncelle » (comme par hasard prénommée Alice), leur animatrice éponyme admit de bonne grâce qu'elle pratiquait cet instrument depuis l'enfance. Au moment où Germaine raconta que l'Alice du collage jouait en l'honneur de son amoureux Antoine, l'Alice de chair et de sang rougit aussi violemment que les coquelicots dans lesquels la « femme-violoncelle » était noyée. Et ce ne fut pas tout. Quand Suzanne conta – en des termes beaucoup plus subtils et choisis que ceux de Germaine – l'histoire d'Antoine (décidément !), son « homme-violon » qui sélectionnait lui-même dans le tas de bois sur lequel il était assis les essences qui devaient servir aux violons de son orchestre – Alice ne put retenir un « Oh ! » de surprise. L'exclamation fut suivie d'un regard rêveur, quand Suzanne parla d'Antoine comme d'un brillant interprète, et d'un très audible « C'est incroyable ! », quand elle précisa qu'il était avant tout luthier de son état.

L'exubérante Germaine et la sage Suzanne échangèrent alors un regard entendu que, fort heureusement, Alice ne vit pas.

Le pèlerin

À Saint-Mihiel, Lucien fut très inspiré par l'activité des « collages à la Prévert ». Quand Alice montra une à une les cartes des enfants, il agita frénétiquement le bras en direction d'une composition que la jeune femme reconnut comme celle qu'avait élaborée Lucie, la petite sœur d'Emma. Attendrie, elle se fit l'irrationnelle réflexion que c'était écrit : Lucien, Lucie... Lucie, Lucien... C'était à croire que ces deux-là étaient prédestinés à collaborer ! Voyant que son petit monde se débrouillait très bien sans elle, Alice remplaça Julien auprès de Lucien pour recueillir son récit.

Le collage réalisé par la petite Lucie était très élégant, à la fois sobre et coloré. Sobre, parce que le fond en était noir comme du charbon. Coloré, parce que quatre chapiteaux romans aux motifs végétaux sculptés en éclairaient le premier plan de leurs improbables et respectifs rose fuchsia, vert pomme, jaune canari et bleu turquoise. Des fûts qui portaient ces chapiteaux, jaillissaient des gouttelettes dans les mêmes tons, de l'orange et du rouge venant ajouter de l'éclat au feu d'artifice qui éclaboussait la composition. Un pèlerin de Saint-Jacques, reconnaissable à la coquille qui ornait son chapeau, traçait en souriant sa route sur les quatre chapiteaux. Il portait sur son dos Saint-Bertrand-de-Comminges, que surplombait fièrement le clocher-donjon de la cathédrale Sainte-Marie.

J'ai tout préparé, raconta Lucien à Alice en marquant de nombreuses pauses pour chercher ses mots. Mon sac, mon bâton, mes chaussures les plus résistantes. Papa était très pieux et je l'ai plus d'une fois entendu dire qu'il rêvait d'aller en pèlerinage à Saint-Jacques-de-Compostelle. Hélas, il n'en a pas eu le temps. Il est mort pendant la guerre. Il a été fait prisonnier tout au début et n'est jamais rentré d'Allemagne. Je crois que j'ai le devoir de réaliser son rêve. Tu comprends, il m'en a encore parlé la veille de son départ pour la Sarre. Je prends ça pour sa dernière volonté. Le jour où j'ai pris mon bâton, maman a pleuré. Elle ne se doute pas que je l'ai vue. Elle se faisait de la bile pour moi, mais elle ne m'a pas retenu. Elle savait que je ne changerais pas d'avis, et que de là où il est, papa me regarde avec fierté. J'ai l'esprit tranquille. Mes deux sœurs et mon frère veillent sur elle. Ils ont tous une bonne situation. Pas d'inquiétude. Je n'ai pas d'attache, aucune bonne amie, même si je dois avouer que tu me plais bien, Marguerite…

Ici, Alice tiqua et ne put s'empêcher d'interrompre Lucien pour lui rappeler qu'elle n'était pas Marguerite. Le vieil homme l'observa attentivement, avant de conclure : « Ah oui ! c'est vrai, vous n'êtes pas Marguerite ! C'est comment déjà, votre nom ? » Et il reprit le cours de son récit :

Me voilà parti. Je chante à pleins poumons « Adieu la France jolie. Adieu les nobles fleurs de lys ! » Car je m'en vais en Espagne. C'est un étrange pays ! La route est longue. Au bas mot cinq mois, si je ne fais que marcher. Les campagnes sont vertes, les gens sont généreux avec les pèlerins. On est en 1950. Fini les tickets de rationnement ! On me donne toujours de quoi grailler. Et on me fait chaque soir une petite place dans une grange pour dormir. Parfois, je couche au presbytère, dans un vrai lit. Quand j'arrive en vue de Vézelay, c'est si beau que je tombe à genoux pour prier. Je fourre tout le monde dans ma prière, sainte Marie-Madeleine qui règne sur Vézelay, la Sainte Vierge, mon saint Patron qui a marché en portant sa tête entre ses mains, le bon saint Christophe qui protège les voyageurs… Je me dis qu'une église plus belle, ça n'existe pas. Ça me plaît tellement que j'y reste quatre jours. Et puis je reprends ma marche, le cœur léger. Varzy, Clamecy, Villiers-le-Sec, Châteauneuf… J'ai parfois l'impression de voler ! Mais là, patatras ! J'ai Sancergues en vue, quand je trébuche bêtement sur une grosse pierre. Je roule dans un fossé et me casse la jambe. Tout est fini pour moi. Je rentre à la maison en train mais, je le jure, je reprendrai mon pèlerinage là où j'ai dû l'interrompre ! J'en fais le serment !

– Dis-moi, petite, tu veux que je te montre ma coquille Saint-Jacques ? demanda Lucien à Alice après qu'il eut laborieusement enchaîné tout son récit.

Elle est dans ma table de chevet. Tu n'as qu'à me conduire jusqu'à ma chambre, et je te la fais voir.

La chambre de Lucien, Alice ne l'ignorait pas, était juste au bout du couloir, au rez-de-chaussée. Elle regarda autour d'elle et constata que chacun était studieusement penché sur son texte.

– D'accord, répondit-elle au vieux monsieur. D'accord, mais nous ne faisons qu'un rapide aller-retour. Je ne me suis occupée que de vous, aujourd'hui, Lucien. Je dois absolument aller voir où en sont vos camarades avant la fin de la séance !

Alice traversa la salle pour aller informer Julien de sa petite escapade avec Lucien. Elle trouva le jeune homme debout dans l'embrasure d'une fenêtre, à demi appuyé contre un volumineux radiateur en fonte. Ses étranges yeux vairons étaient braqués sur les chaises qu'occupaient Jeanne et Élisabeth, mais il était manifestement perdu dans ses pensées.

– Ça va bien ? lui demanda Alice. Je voulais simplement vous dire que je sortais deux minutes pour accompagner Lucien dans sa chambre.

Julien sursauta, secoua la tête et protesta :

– C'est à moi de le faire, voyons !

– Il demande expressément que ce soit moi qui l'accompagne… Il veut me montrer quelque chose. Juste un aller-retour…

Julien lui sourit si pitoyablement qu'elle en oublia de rougir, elle que le sourire légèrement de travers du jeune homme laissait d'habitude toute chose. Il lui fit signe d'y aller et elle courut davantage qu'elle ne marcha jusqu'à Lucien, dont elle agrippa fermement le bras bien qu'il eût une démarche encore très assurée.

– C'est parti ! annonça-t-elle, se demandant s'il conservait réellement une coquille Saint-Jacques dans le tiroir de sa table de nuit.

– C'est parti ! répéta le vieil homme sur un mode étrangement écholalique.

Alice ne fut guère longue à recevoir la réponse à sa question. Elle ne savait trop où précisément situer les pensées « compostelliennes » de Lucien sur l'axe chronologique aux trois quarts effacé de ses souvenirs, mais force fut de constater que la coquille promise était là, nichée dans le tiroir annoncé, entre deux grands mouchoirs à carreaux, un porte-clés figurant saint Christophe et un antique chapelet de buis noir.

– Donnez-la-moi, petite, s'il vous plaît, donnez-la-moi ! pria Lucien.

Alice tendit délicatement au vieil homme la grande coquille aux reflets rosés qu'il caressa doucement du bout des doigts.

– Je jure de reprendre ma route, dit-il encore. Papa, je te le jure !

Il tira de sa poche le collage réalisé par Lucie et le rangea dans le tiroir. Puis, avec mille précautions, comme s'il le couronnait, il déposa dessus la coquille Saint-Jacques.

– Nous devons y aller, Lucien, chuchota Alice, frappée par la solennité du recueillement que son vieil ami avait mis dans son geste.

– Oui, oui, allons-y ! La prochaine étape, c'est La Charité-sur-Loire, en train. Et après, c'est Bourges, direction Déols. À pied, bien sûr. À partir de là, nous changerons de route. Nous passerons par Charroux et Angoulême plutôt que par Argenton et Périgueux... J'ai tout appris par cœur juste avant mon départ. Tu continues avec moi, n'est-ce pas, Marguerite ?

Alice sentit sa poitrine se serrer. Elle tenta de remettre le vieux monsieur sur les rails du présent, sans complètement esquiver les traces de l'intemporel passé auquel ses idées restaient cramponnées.

– Comme vous connaissez bien l'itinéraire des routes de Saint-Jacques, Lucien ! Il faudra que vous m'en donniez les autres étapes... Toutes, sans exception ! Moi, je n'y connais rien du tout, mais il me semble que pour rejoindre la Charité-sur-Loire en train, il faut commencer par prendre le TGV jusqu'à Paris. Mais avant toute chose, nous devons retourner en salle de convivialité.

– Paris, dis-tu. Tu veux bien me l'écrire là-dessus, s'il te plaît ? demanda Lucien en plongeant vivement la main dans son tiroir pour en retirer le collage de Lucie, dont il tendit le verso à Alice.

Cette dernière s'exécuta sans chercher à comprendre.

L'aide-soignant

Après le départ d'Alice, Élisabeth, Jeanne, Lucien et quatre de leurs amis restèrent quelques minutes à causer dans la grande salle. Ils étaient préoccupés. Julien ne leur semblait pas en forme, et cela ne datait pas d'hier. De l'avis de Jeanne, cela faisait des mois qu'il « déclinait ». Même Mme le maire avait fini par le remarquer lorsqu'elle était venue rendre visite à son père, deux jours plus tôt.

– Vous, vous couvez quelque chose, avait-elle décrété après avoir embrassé son père.

Julien s'était efforcé de sourire.

– Je ne crois pas, non.

– Vous avez une petite mine, pourtant, avait insisté le premier magistrat. J'espère que vous n'avez pas de problème, s'était-elle empressée d'ajouter en lui prenant la main.

– Je vous assure que non ! Je suis juste comme tout le monde ! L'hiver est long, et j'aurais besoin d'une bonne cure de soleil !

– Si ce n'est que ça, alors tout va bien ! Quelques vitamines vous aideraient sûrement. Du magnésium, peut-être ? L'eau d'Hépar en contient plein ! Je vous assure que c'est souverain pour lutter contre les petits coups de pompe du quotidien. Vous avez déjà essayé ?

– Oui… Non… Vraiment, il n'y a pas de quoi s'inquiéter. Ça passera tout seul…

Mme le maire n'avait pas insisté, mais elle n'avait pas été convaincue.

Élisabeth attendit que Julien soit sorti pour approfondir le sujet.

– J'ai trouvé que Julien était encore moins en forme qu'hier, commenta-t-elle.

– Il a encore maigri, non ? renchérit Jeanne.

– On ne voit pas grand-chose avec sa blouse, mais oui, je crois bien que tu as raison…

– Bien sûr que j'ai raison ! Il a beau être de plus en plus mal rasé, j'ai noté que ses joues s'étaient creusées.

– Pourvu que ce ne soit pas un cancer ! s'exclama Élisabeth, horrifiée. C'est bien connu, les cordonniers sont les plus mal chaussés ! Julien s'occupe si bien de nos petites misères qu'il est capable d'en oublier sa propre santé !

– Le petiot a une peine de cœur, déclara tranquillement Lucien, qui semblait avoir miraculeusement suivi la conversation. Il paraît que j'étais maigre et négligé à faire peur quand la Marguerite m'a repoussé, l'autre jour. C'était juste avant que je parte à Saint-Jacques…

Élisabeth et Jeanne échangèrent un regard surpris.

– Tu parles bien de Julien, hein, Lucien ? Le gentil garçon qui te soigne ?

– Oui, oui. Le garçon et moi, c'est du pareil au même ! C'est à cause de Marguerite. Celle qui vient juste de partir…

– Tu veux parler d'Alice, expliqua le plus diplomatiquement possible Élisabeth.

– Alice. C'est ça… La cousine de Marguerite ou quelque chose comme ça. Les filles de cette famille sont des briseuses de cœur !

Comme toujours, Lucien s'emmêlait les pinceaux, mais ses propos donnaient tout de même du grain à moudre à Jeanne et à Élisabeth, qui réfléchissaient. Elles repassaient dans leur tête le film des jeudis après-midi passés en compagnie d'Alice et de Julien depuis novembre. Le fruit de leurs cogitations respectives dut être le même, car lorsque Élisabeth s'écria « Tu crois ce que je crois ? », Jeanne répondit :

– Il ne yoyotte pas tant que ça, notre brave Lucien ! Une peine de cœur ! Bien vu !

– Et il ne faut pas chercher bien loin pour en trouver la cause…

– Alice ! triompha Jeanne. Lucien a raison, il s'agit d'Alice. Le commencement du déclin de notre Julien coïncide avec son arrivée ici.

Les angelots-candélabres

Alice n'oublierait jamais ce 9 février, où elle reçut le plus beau cadeau de sa vie. Et ce fut Élisabeth qui le lui offrit, une semaine tout juste après la rencontre « inter-maisons de retraite » qu'elle avait organisée avec Chloé.

Il s'agissait d'un collage – celui élaboré par Emma un mois plus tôt, Alice l'identifia sans la moindre hésitation –, accompagné d'un texte court mais d'une profondeur bouleversante. La fillette avait découpé deux angelots baroques légèrement rosés, joufflus et rebondis à souhait, qu'elle avait greffés aux deux branches d'un grand candélabre en argent dont elle avait trouvé la photographie dans *Campagne Décoration*. Quant au texte…

– J'ai tout de suite reconnu votre voix, dit l'ange potelé le plus rose.

– J'ai tout de suite reconnu vos yeux, dit l'ange le plus souriant.

– Pourtant, mes yeux étaient voilés par l'émotion, dit l'ange aux plis dodus.

– Pourtant, ma voix tremblait, dit l'ange au sourire.

– *Est-ce bien vous, chère Manon ?*

– *Est-ce bien vous, cher Rusé ?*

– *Je m'appelle Élisabeth, et je suis enchantée de refaire votre connaissance.*

– *Je m'appelle Georges, et j'attends cet instant depuis des lustres ! Nous ne fêterons jamais nos noces d'argent, encore moins nos noces d'or ou de diamant. Mais sans oublier nos chers conjoints disparus, nous resterons unis pour le peu de temps qu'il nous reste. Et vous, petite Alice, vous serez à jamais dans nos cœurs…*

– Depuis ce jour béni de la Chandeleur, Georges et moi passons nos soirées l'un avec l'autre au téléphone. Nous avons écrit ce petit texte ensemble, expliqua simplement Élisabeth.

Alice ne fit aucun commentaire. Elle se contenta de longuement étreindre la vieille dame, pensant que cet instant valait toutes les chaires de sociologie du monde.

TROISIÈME PARTIE

Le Club di Giulietta

L'entremetteuse numéro un

Commercy, le 17 février

Chère Juliette,

Ce n'est pas pour moi que je t'écris. Non. J'ai 78 ans, alors tu penses... Pour moi, c'est trop tard ! Quoique... J'ai un copain, Georges qui, à plus de 90 ans, vient de retrouver son amour de jeunesse. Et devine quoi ? Ils vont se marier ! Après soixante-dix années passées sans se voir ! Mais je me trompe d'histoire...

Celle dont je veux te parler, c'est Alice, la jeune personne qui les a réunis, justement. C'est aussi grâce à elle que j'ai eu vent de votre association. Elle anime un atelier qui nous divertit beaucoup à la maison de retraite. On peut dire qu'elle fait tout son possible pour illuminer nos mercredis après-midi. Mais c'est bien beau de s'occuper des autres, il faudrait aussi veiller à ne pas s'oublier soi-même ! C'est ce qu'elle fait, la brave petite... Elle se néglige. Même physiquement. Pourtant, c'est un joli brin de fille. Tu peux m'en croire, j'ai l'œil pour ces choses-là !

J'ai mené ma petite enquête : Alice n'a pas de bon ami. C'est-y pas permis, à bientôt 30 ans ! C'est un gâchis total ! Ce n'est pas que le célibat soit nécessairement une mauvaise chose. Au contraire. Je suis restée seule toute ma vie, moi, et j'ai été très bien comme ça. Qu'est-ce que j'aurais fait d'un bonhomme ? Mais Alice n'est pas faite du même bois que moi. Il lui faut quelqu'un qui prenne soin d'elle.

Voilà deux fois qu'elle laisse entrevoir le fond de son cœur. Elle a été amoureuse quand elle était à Paris. Un certain Antoine. Il est musicien, ou bien il fabrique des violons. Ou bien les deux. Je ne suis pas sûre. Elle l'a suggéré dans un poème, tu comprends… C'est un peu délicat à interpréter, la poésie. Ce qui renforce mes soupçons, c'est que ma copine Suzanne a compris les choses comme moi. Le collage de la Femme-violoncelle *et celui de l'*Homme-violon *ont achevé de nous convaincre, mais ce serait trop compliqué à t'expliquer.*

L'autre jour, Suzanne a essayé de questionner Alice sur Antoine, mais elle s'est fermée comme une huître. C'est sans espoir de ce côté-là. Je n'ai pas toujours été tendre avec Alice. Pour ça, non. Mais je l'aime bien et je voudrais l'aider. Et tant pis si c'est en douce ! Comme on dit, la fin justifie les moyens, pas vrai ?

Mon plan est simple : je dois retrouver le mystérieux Antoine. Mais comment faire ? Je ne connais même pas son nom de famille !

Que me conseilles-tu, chère Juliette ?

Bien à toi,

Germaine Desmoines

EHPAD Les Mirabelliers
3, rue des Mirabelliers
55200 Commercy

P.-S. : J'espère que tu parles le français. Moi, je m'y connais en anglais, mais je n'entends rien à l'italien.

Germaine plia soigneusement sa feuille, très satisfaite. Alice s'approcha d'elle :

– Vous n'avez toujours besoin de rien, Germaine ?

– Non, non, ma chère, ne te dérange surtout pas pour moi !

– Mais vous ne me dérangez jamais, voyons ! J'ai passé un peu de temps avec chacun de vos amis. Il n'y a plus que vous…

– N'insiste pas, ma belle ! commanda Germaine avec plus de brusquerie qu'elle ne l'aurait voulu. Je te promets que j'ai respecté toutes les consignes et que je suis venue à bout de cette lettre. Tu n'as pas besoin d'en savoir plus pour le moment ! ajouta-t-elle en faisant disparaître ladite lettre dans son sac.

– Bien… dit Alice en s'éloignant. J'en conclus que vous ne lirez pas non plus votre lettre à vos amis… dit-elle encore en se retournant.

Pour toute réponse, Germaine esquissa un sourire que ni le Sphinx ni la Joconde n'auraient renié. Et dès qu'Alice eut levé la séance et embrassé chacun, elle s'empressa d'aller montrer sa lettre à Suzanne, qui appela Pierre, qui amena Georges avec lui… À ce train-là, la missive de Germaine fit très vite le tour approbateur du petit groupe de retraités. Marthe tira une providentielle enveloppe de son sac à tricot. Pierre extirpa un timbre de la poche de son pantalon. Marie, dont l'écriture était encore jolie malgré la déformation de ses doigts, hérita de la mission de calligraphier l'adresse sur l'enveloppe.

– C'est quoi, déjà, son nom de famille, à Juliette ? demanda-t-elle.

– Capulet, répondit doctement Pierre. Juliette est issue de la maison Capulet.

– Mais elle était mariée à Roméo, n'est-ce pas ? questionna encore Marie.

– Oui, confirma Suzanne. Quand ils sont morts, leurs noces avaient été célébrées.

– Alors il me faut son nom marital…

– Montaigu, dit Suzanne. Roméo était un Montaigu.

– Je me suis toujours demandé si leur mariage secret était valable, dit Pierre. Vous en pensez quoi, vous ?

– Mais bien sûr qu'il était valable ! se récria Marthe. Et tellement romanesque !

– Mouais… Je suis quand même d'avis qu'on garde Capulet, dit Pierre.

– Pourquoi pas Capulet-Montaigu, ou Montaigu-Capulet ? proposa Georges. Il y a beaucoup de jeunes femmes qui accolent leurs deux noms, de nos jours.

– Peut-être bien, objecta Pierre avec vigueur, mais nos deux tourtereaux vivaient il y a des siècles !

– Mais Juliette n'a plus d'âge… Ou plutôt, elle a tous les âges, philosopha Suzanne. Elle est intemporelle. Et donc…

Dans son coin, Germaine fulminait.

– C'est pas bientôt fini, vos débats à la noix ! coupa-t-elle avant d'arracher le stylo des mains apeurées d'une Marie qui n'aurait jamais songé à s'opposer à elle, et d'écrire :

Juliette (celle de Roméo)
Vérone

– Là, vous êtes contents ? clama-t-elle. Je suis sûre que ça suffira !

L'entremetteuse numéro deux

Saint-Mihiel, le 18 février

Très chère Juliette,

Aujourd'hui, la jeune femme (elle s'appelle Alice) qui nous divertit tous les jeudis après-midi en nous proposant de charmants exercices d'écriture nous a parlé du Club di Giulietta. Merveilleux, ce club ! Nous avons dû imaginer une lettre que nous aurions pu vous envoyer. Moi, j'ai écrit une lettre de remerciements : dans un mois, je me marie ! Rendez-vous compte, chère Juliette, j'ai 90 printemps et je me marie. Ou plutôt, je me remarie. Avec mon amour de jeunesse, cette fois. Un vrai miracle que nos retrouvailles ! Un miracle prénommé Alice (mais pour les besoins de la fausse lettre, j'ai fait comme si ce miracle se prénommait Juliette).

Que je suis bavarde ! Je digresse et je digresse encore. Ce n'est bien sûr pas de moi qu'il s'agit. Cette vraie lettre, je l'écris pour Julien. C'est un jeune homme épatant qui travaille ici, à la maison de retraite. Il s'occupe de nous aux petits oignons, si vous voyez ce que je veux dire. Depuis trois ans que je le connais, je l'ai toujours vu souriant et plein d'entrain. Mais hélas, cela a bien changé. Il a l'air si mélancolique, à présent ! Mes camarades et moi avons cherché à comprendre. Nous en avons beaucoup discuté, surtout le lundi (c'est son jour de repos). Et voici notre conclusion : il est comme ça depuis l'arrivée d'Alice, la jeune femme dont je vous ai parlé au début de ma lettre. Nous en sommes presque certains, il est amoureux d'elle. Il ne sait comment le lui dire, alors il souffre en silence. Et elle, me demanderez-vous ? Elle a toujours l'air un peu gêné quand il est près d'elle. Mais elle est d'un naturel timide, ce qui explique peut-être cela…

Ces deux jeunes gens ont tant fait pour moi ! J'aimerais faire quelque chose pour eux à mon tour… Pour les rapprocher. Mais je n'ai jamais fait cela auparavant. J'étais postière, vous savez. C'est sûrement pour cela que l'idée de vous écrire me plaît autant !

Dans l'attente de vos conseils, je vous prie d'agréer, chère Juliette, mes respectueuses salutations.

Élisabeth Nonville
(bientôt Maupas)

EHPAD Saint-Joseph
3, rue Jeanne-d'Arc
55300 Saint-Mihiel

Élisabeth écrivit sa lettre tranquillement dans sa chambre. Elle attendit le lundi suivant pour la faire lire aux membres de l'atelier d'écriture. Personne n'en contesta la teneur. Elle prit donc grand plaisir à la glisser dans une enveloppe sur laquelle elle inscrivit (pendant l'activité, elle avait eu la présence d'esprit de demander l'adresse du Club di Giulietta à Alice, histoire de « faire plus vrai ») :

Giulietta
Club di Giulietta
Corso Santa Anastasia 29
Verona

Les Giulietta

– Michela, viens voir ça !

L'interpellée chaussa ses lunettes et s'approcha d'Agata, une des bénévoles du Club di Giulietta qui traitait avec elle les lettres adressées du monde entier à Juliette.

– Regarde, reprit Agata, j'ai reçu coup sur coup ces deux lettres en provenance de l'est de la France. Lis-les et dis-moi ce que tu en penses…

– J'en pense que les Alice de chacune des deux lettres ne sont en réalité qu'une seule et même personne… déclara Michela à l'issue de sa lecture.

– C'est bien mon avis. Tout colle, le cadre géographique (je viens de regarder sur Google Map : Commercy et Saint-Mihiel ne sont distants que d'une vingtaine de kilomètres), le métier d'Alice, son caractère – du moins ce qu'il en transparaît…

– … Et chaque fois, ce sont des personnes âgées qui écrivent, compléta Michela.

Les deux amies marquèrent un temps d'arrêt, songeuses.

– Bon, alors on fait quoi ? interrogea Agata en se levant pour préparer du thé.

– Je n'en ai pas la moindre idée ! Mais je sais ce que je ne ferais pas…

– Quoi donc ?

– Je ne mettrais pas en relation les deux vieilles dames qui nous ont écrit, même si nous, nous avons fait le lien, déclara Michela.

– C'est marrant que tu dises ça… Moi, j'aurais fait exactement le contraire ! C'est même par là que j'aurais commencé… Signaler à chacune des mamies la démarche de l'autre.

– Eh bien, on n'est pas rendues ! s'exclama Michela en éclatant de rire. Mais au fait… Pourquoi ?

– Pourquoi quoi ? demanda Agata en tendant un mug orné d'un gros cœur rouge à sa collègue.

– Pourquoi ferais-tu ça ? Pourquoi les mettrais-tu en relation ?

– Parce que l'union fait la force ! Elles confronteraient leurs impressions, détermineraient la piste la plus judicieuse à suivre… Ou bien, elles tomberaient d'accord pour dire que leurs plans respectifs sont à la fois trop intrusifs et voués à l'échec…

– C'est ce que *toi* tu penses ? demanda Michela, surprise. Ce ne sont pourtant pas les premiers plans de ce genre qui atterrissent dans notre boîte aux lettres ! Loin s'en faut !

– Non, mais tu admettras que deux à la fois, ça fait beaucoup pour une seule femme ! J'en plaindrais presque Alice…

– Eh bien pas moi ! Au contraire ! Elle a de la chance que tant de monde se préoccupe de son sort !

Agata en convint et Michela enfonça le clou :

– D'ailleurs, que sommes-nous nous-mêmes, sinon des entremetteuses ? Nous passons notre temps libre à nous mêler de la vie sentimentale des gens !

– Oui, mais le plus souvent, ce sont eux-mêmes qui en formulent le souhait ! Là, ni Alice ni Julien n'ont rien demandé ! Et d'abord, je ne comprends pas... Puisque tu veux favoriser les plans de Germaine et d'Élisabeth, je ne vois pas quel intérêt tu peux trouver à les laisser agir séparément.

– C'est pourtant simple ! Deux pistes, c'est deux fois plus de chances pour Alice de trouver l'amour, assena Michela.

– Et qui nous dit qu'Alice cherche l'amour ?

– Tout le monde cherche l'amour ! À nous de conseiller la prudence requise à nos deux mamies françaises.

Agata capitula.

– OK. Tu prends laquelle ? Moi, ça m'est égal.

Michela n'hésita pas :

– Germaine !

– C'est bon pour moi. Je réponds donc à Élisabeth. Tu ne crois pas que nous devrions faire une entorse à notre règle du « premier arrivé, premier servi » ? Nous aurions des dizaines d'autres lettres à traiter avant les leurs, mais elles sont si âgées…

– Je vois ce que tu veux dire, la coupa Michela en se signant à toute vitesse. Et je suis d'accord avec toi, Germaine et Élisabeth sont des urgences prioritaires !

Agata

Vérone, le 2 mars

Très chère Élisabeth,

Permettez-moi tout d'abord de vous féliciter pour votre mariage. Je crois que vous êtes à ce jour la plus vénérable mariée qu'il m'ait été donné de connaître, et mon cœur s'en réjouit.

Sachez que votre démarche est des plus louables, mais je ne puis que vous inciter à faire montre de prudence. Êtes-vous absolument certaine que la mélancolie de Julien soit imputable à un amour secret pour Alice ? Cette certitude est le préalable à toute entreprise, il va sans dire ! Commencez par vérifier soigneusement ce point. Aucun doute ne doit subsister, sous peine de plonger tout le monde dans le plus grand embarras.

J'ai bien compris qu'Alice n'était pas le genre de femme qui se livre facilement. Pourtant, vous ne pouvez envisager de la rapprocher de Julien sans avoir sondé son cœur à elle également. Il ne faudrait surtout pas causer une fausse joie à ce dernier en entamant des démarches trop précipitées ! Le mieux, je pense, est de découvrir la personne à qui Alice serait la plus susceptible de se confier. Une fois cette confidente trouvée, vous n'aurez plus qu'à lui exposer votre idée. Et si elle confirme une quelconque inclination d'Alice pour Julien, la suite ne sera plus qu'une partie de plaisir pour vos amis et pour vous, qui ne manquez assurément ni d'expérience, ni de sagesse ou de finesse.

Bonne chance, et n'hésitez surtout pas à me réécrire pour me conter le dénouement de cette belle histoire que vous souhaiteriez favoriser !

Bien à vous,

Juliette

– Foutaises que tout ça ! s'écria François quand Élisabeth eut achevé la lecture de la lettre de Giulietta-Agata, ce lundi-là.

Une dizaine de têtes ébahies se tournèrent vers lui. François assistait toujours aux ateliers d'Alice sans jamais réellement y participer. Il restait là, bien calé dans son fauteuil, sans jamais rien dire ni commenter. Il n'écrivait rien non plus, satisfait, semblait-il, de son statut autoproclamé d'auditeur libre. Alice s'était accoutumée à sa présence sommeillante, et à ses yeux il faisait partie de l'atelier, même si c'était au même titre que les chaises et les tables qui meublaient la pièce. Quant aux participants actifs à l'atelier, ils l'avaient tacitement coopté. C'était donc en tant que membre somnolent de l'atelier d'écriture que François avait été invité par Élisabeth à la retrouver dans le salon de télévision situé au bout du premier étage. Et il avait répondu présent à l'appel, comme tous les autres d'ailleurs.

– Tu ne dors pas, François ? s'étonna Jeanne.

– Qu'est-ce qui te fait croire que je roupille ? siffla-t-il à travers les tuyaux qui le reliaient à sa bonbonne d'oxygène.

– Rien du tout ! Simplement, je ne pensais pas que tu avais suivi les démarches d'Élisabeth auprès du Club di Giulietta.

– Foutaises, répéta-t-il. Tout ça, c'est du flan ! J'aurais pu vous conseiller exactement la même chose que cette Juliette d'opérette ! Vérifier ceci, sonder cela… Elle est bien bonne, celle-là ! Évidemment, qu'il faut qu'on se renseigne !

– En tout cas, Juliette est bien gentille de nous avoir répondu aussi vite. Jamais je n'aurais osé rêver une réponse avant le grand jour de mes noces ! déclara Élisabeth.

Elle relut la lettre à ses amis. Plus lentement, cette fois.

– Il faut reconnaître que François n'a pas tort, admit Jeanne. C'est un peu comme l'horoscope… C'est plutôt creux… Ça fait un peu bla-bla…

– Vous êtes sévères, je trouve, protesta Élisabeth. L'idée de se mettre bien avec la confidente d'Alice est judicieuse et nous n'y avions pas songé…

– Et comment qu'on la trouvera, celle-là ? demanda François qui semblait prendre un malin plaisir à jouer le rabat-joie.

– De qui vous parlez ? demanda en retour Lucien, plus désorienté que jamais.

– C'est justement ça, le problème ! dit Jeanne en prenant gentiment la main de Lucien. On ne sait pas de qui on parle.

Michela

Vérone, le 2 mars

Chère Germaine,

Je trouve votre démarche admirable. Alice a beaucoup de chance d'avoir une amie telle que vous ! Tenez, c'est bien simple, vous me faites penser à ma chère nourrice !

D'après ce que vous écrivez, vos amis et vous êtes déjà bien avancés dans votre enquête. Récapitulons. Vous avez un prénom (Antoine – très joli, quoique beaucoup moins que Roméo) et une ville. Ne péchons pas par optimisme, Paris, c'est grand. Très grand. Mais pas trop grand quand on a la chance d'avoir affaire à un luthier ! Disons-le tout net, ce n'est pas le métier le plus répandu qui soit ! Disposez-vous d'une connexion Internet, Germaine ? C'est absolument indispensable pour mener une enquête digne de ce nom. Et c'est un gain de temps... Vous ne pouvez pas imaginer ! Moi qui en suis restée à l'ère de l'imprimerie – déjà un gros progrès, me direz-vous –, je suis absolument fascinée par cette civilisation du numérique ! Alors, chère Germaine, profitez-en ! Il suffit de mettre la main sur la liste des luthiers parisiens ! Ensuite, si vous butez sur une nouvelle difficulté, n'hésitez pas à me réécrire !

Dans l'attente de vos nouvelles, je vous souhaite bonne chance pour la suite de votre enquête,

Juliette

P.-S. : Félicitez votre ami Georges pour moi !

La lettre de Giulietta-Michela suscita à Commercy des réactions voisines de celles produites à Saint-Mihiel par la missive de Giulietta-Agata. À commencer par quelques railleries méprisantes.

– Elle nous prend pour des idiots, cette donzelle ! s'insurgea Pierre. Comme si nous n'y avions pas pensé, à chercher un luthier qui s'appelle Antoine !

– Oui, concéda Suzanne pour l'apaiser, tu as raison, mais je trouve très encourageant de sentir notre entreprise ainsi soutenue depuis Vérone. Car enfin, elle ne tergiverse pas, cette petite Juliette. Moi, cela me donne l'élan qui me manquait pour me lancer à la recherche d'Antoine.

– Bien parlé ! approuva vigoureusement Germaine qui, pour une fois, n'avait rien à ajouter.

Mais Pierre n'en avait pas fini.

– Ah, elle ne tergiverse pas, Juliette ? Eh bien laissez-moi vous dire qu'en son temps, elle aurait mieux fait de tergiverser un peu avant d'avaler la potion que son prêtre (aussi bien intentionné que vous tous, soit dit en passant) lui tendait !

Cette fois, Germaine retrouva sa verve.

– Je pensais que sur ce coup, tu étais avec nous ! fit-elle, accusatrice.

– Il n'y a que les imbéciles qui ne changent pas d'avis !

– Alors, laisse-moi te dire que je ne te félicite pas ! Je te croyais plus romantique que ça ! C'est bien la peine de passer ses après-midi à écrire des poèmes, si c'est pour se dégonfler face à la première histoire d'amour venue !

Pierre se renfrogna mais ne protesta pas.

– Moi, je suis un romantique dans l'âme, intervint Georges. Surtout en ce moment, vous pensez bien ! Par quoi commençons-nous ?

– Par la connexion Internet, répondit résolument Suzanne.

QUATRIÈME PARTIE

L'*Alice Project*

Madeleine

« Voilà ! Je n'ai pas perdu la main ! » se dit Alice, satisfaite d'avoir raccordé à son ordinateur portable puis réglé avec succès le vidéoprojecteur que lui avait prêté le directeur des Mirabelliers. Elle achevait d'installer les chaises de la salle d'activité face à l'écran, lorsque ses vieux amis firent leur entrée. « Ils ont l'air bien guillerets ! » pensa-t-elle en les embrassant tour à tour.

– En quel honneur avons-nous droit à ça ? demanda Pierre en désignant l'écran. C'est l'anniversaire de quelqu'un ? Vous allez nous montrer des photos de lui bébé ?

– Non, répliqua Alice, amusée. Je ne connais pas vos dates d'anniversaire. Je le regrette, du reste. Ce n'est pas ça, non… Je voudrais partager avec vous quelque chose que j'ai vu sur Internet et qui m'a fait penser à nos ateliers.

– Sur Internet, dis-tu ? fit Germaine, tout à coup vivement intéressée. On va voir Internet sur l'écran ?

– Oui. Enfin pas tout Internet, c'est impossible ! Seulement le site que j'ai choisi pour vous.

– Évidemment… dit Germaine, qui ne perdait pas une miette des clics rapides effectués par Alice.

– Nous y sommes ! déclara cette dernière. Je vous présente *Le Madeleine Project. Saison 1*. C'est une jeune journaliste, Clara, qui a eu l'idée de ce projet que je trouve formidable. Dans la cave de son nouvel appartement, elle a trouvé toutes les affaires de la vieille dame qui occupait les lieux avant elle. Autant de souvenirs accumulés au cours d'une vie, qu'elle a peu à peu découverts, et qu'elle s'est décidée à partager sur Twitter…

– C'est quoi, Twitter ? l'interrompit Pierre.

Alice cherchait comment l'expliquer rapidement et clairement, quand Suzanne intervint :

– Ce sont des petits messages qu'on partage sur Internet. Avec un petit oiseau bleu… J'ai vu cela au journal télévisé, l'autre jour. Mon petit-fils en écrit plein. D'ailleurs, je dois dire que cela m'agace prodigieusement ! Quand il vient ici, il ne fait que pianoter sur son téléphone… Autant dire que je ne profite pas de lui autant que je le voudrais…

– Alors là, tu m'en bouches un coin ! s'exclama Germaine. T'aurais pu le dire avant, que tu t'y connaissais en Internet ! Ça peut toujours servir, pas vrai ?

Pierre toussota pour la faire taire, tandis qu'Alice reprenait :

– Sur Twitter, donc, des centaines d'internautes ont pu suivre la progression de Clara dans sa cave et dans ce que fut le quotidien de Madeleine.

– Ça ne se fait pas, tonna Pierre en fronçant les sourcils. De quel droit cette jeune fille jette-t-ellc la vie de cette Madeleine en pâture sur Internet ?

Décontenancée, Alice se mordilla la lèvre inférieure.

– Votre objection est fondée, Pierre, c'est certain, concéda-t-elle. Clara elle-même s'est beaucoup interrogée à ce sujet avant de se lancer. Et je pense qu'elle a trouvé le ton juste. Son travail est très respectueux de Madeleine. Il est… tendre. C'est ça, oui… Tendre et *poétique*. Jamais je ne vous le montrerais, sinon… Si vous êtes d'accord pour regarder, nous pourrons en débattre tout à l'heure.

Le « poétique » d'Alice avait réussi à accrocher Pierre qui n'opposa plus de résistance. Et comme les autres, il fut rapidement conquis par les trouvailles de Clara. Alice observait leurs chères têtes grises et blanches qui acquiesçaient à la vue de tel objet, tel livre ou telle revue qui leur rappelait tant de souvenirs, à eux, les contemporains de Madeleine. Elle voyait leurs yeux s'embuer, leurs lèvres s'étirer en de doux sourires entendus. Suzanne fut la première à deviner que Madeleine avait été institutrice. Germaine s'exclama que, jeune fille, elle avait eu les mêmes patins à glace qu'elle. Georges entonna avec justesse « Garde ton cœur, Madeleine ».

Le petit groupe referma à regret le premier chapitre des aventures de Clara dans les malles de Madeleine.

– Et maintenant ? demanda Suzanne.

– Je ne sais pas, répondit Alice. Avez-vous envie de voir la Saison 2 ?

– Bien sûr ! claironna Pierre, définitivement acquis à la cause de Clara.

– Nous verrons donc ça la semaine prochaine. Quant à nos activités d'écriture… Je ne sais trop comment rebondir sur le *Madeleine Project*. Le maire de Saint-Mihiel a rebaptisé notre petit atelier « l'atelier des souvenirs ». C'est joli, non ? Je crois que c'est pour ça que j'ai eu envie de vous faire entrer dans la cave aux souvenirs de Madeleine. J'avais pensé vous demander d'apporter chacun un objet évocateur de vieux souvenirs, puis d'écrire un texte à son propos. J'espère que vous ne me trouverez pas trop curieuse…

– Tss tss… coupa Georges. Tant que nous ne sommes pas dans la tombe, nous avons un gros avantage sur Madeleine, nous avons le choix. Nous ne montrerons et écrirons que ce que nous voudrons bien dévoiler.

– Tout à fait ! approuva Suzanne. D'ailleurs, n'est-ce pas ce que nous faisons depuis le début ?

– Moi, ce que je retiens surtout de tout ça, murmura Germaine, c'est le grand pouvoir d'Internet pour faire des ponts entre le passé et le présent.

Le Club des Six

M. le directeur de la maison de retraite de Commercy occupait un très joli bureau doté de fauteuils d'un vert anis qui avait tapé dans l'œil de Marthe la première fois qu'elle y était entrée. « Ça me rappelle les teintes de mon salon de coiffure ! » avait-elle déclaré à sa sœur ce jour-là. La pièce se trouvait au rez-de-chaussée de l'établissement, à l'opposé de la grande salle où les pensionnaires prenaient leurs repas.

Le plan des membres du « Club des Six » – c'était le nom que Pierre, Georges, Germaine, Suzanne, Marie et Marthe avaient adopté pour désigner leur petit groupe, les quatre autres participants à l'atelier d'écriture ayant refusé de s'impliquer dans leur enquête – était simple : s'introduire dans le bureau du directeur en son absence, s'installer à son ordinateur et effectuer leurs petites recherches sur Internet. Sauf que dans les faits, leur plan était plus compliqué à mettre en œuvre qu'il n'y paraissait-ce que fit remarquer Georges, qui retrouvait les vieux réflexes du Rusé.

– C'est bien beau d'avoir recueilli l'information que le directeur sera à la MDPH[1] cet après-midi, mais vous comptez faire comment, pour tromper la vigilance des soignants, de la secrétaire et de l'intendante ? objecta-t-il.

– Rien de plus facile, répliqua Germaine. Il suffit de nous répartir des rôles de diversion !

– Soit, concéda Georges. Tu y as réfléchi un peu plus en détail ?

– Évidemment ! J'ai même passé la nuit à ça ! Voici mon plan : Marie, tu resteras dans ta chambre en feignant un malaise, ce qui accaparera l'attention d'une infirmière. De deux, avec un peu de chance. Idem pour toi, Georges, à l'étage du dessus. Pierre, tu iras enquiquiner la secrétaire… C'est dans tes cordes, ça… Tu trouveras bien une histoire à lui raconter ou quelque poème à lui débiter. On laisse tomber l'intendante, dont le bureau est un peu plus loin et qui est sourde comme un pot. Suzanne, tu iras à ta séance d'ergothérapie, comme d'habitude, histoire de ne pas éveiller les soupçons de Chloé. Marthe, tu te promèneras dans le couloir pour faire le guet. Et moi, conclut-elle, radieuse, je ferai les recherches. J'ai pris

1. Maison départementale des Personnes handicapées. Les dossiers reconnaissant les droits des personnes en situation de handicap (aides, adaptations, allocations, orientation vers des structures spécialisées…) y sont traités.

des notes sur les manipulations effectuées par Alice devant nous mercredi. Je suis sûre d'y arriver !

Un long silence suivit l'exposé du plan de Germaine, comme si chacun prenait le temps de le méditer. De le digérer. Ce fut la discrète Marie qui prit la parole la première :

– Ça ne me plaît pas, à moi, de faire semblant d'avoir un malaise… finit-elle par avouer. Ils sont tous si gentils avec moi ! Je ne voudrais par leur causer de frayeur inutile…

– Alors trouve autre chose ! rétorqua Germaine avec humeur. Tiens, tu n'as qu'à demander à Lise de t'aider avec tes mots fléchés… Elle t'aime bien, elle ne dira pas non !

Georges, qui n'avait guère envie non plus de jouer au malade imaginaire (et qui aurait bien repris à son compte le prétexte des mots fléchés), objecta de nouveau :

– Sans vouloir te vexer, Germaine, je ne crois pas que tu sois la personne la mieux placée pour faire les recherches. Tu n'es pas assez mobile et ton déambulateur est trop encombrant. J'en sais quelque chose, moi qui suis ralenti par ces fichues béquilles ! Tu feras comment pour te carapater, si Marthe te signale l'arrivée de quelqu'un ?

– Il a raison, appuya Suzanne. La plus véloce d'entre nous, c'est indubitablement Marthe. Vous devriez échanger vos postes. D'ailleurs, dans « déambulateur », il y a « déambuler »...

– ... Du latin *ambulare*, « se promener », continua doctement Pierre.

– Il paraîtra donc normal que tu déambules dans les couloirs pour t'exercer à marcher, acheva Suzanne à l'adresse de Germaine.

– Mais je n'arriverai jamais à aller sur Internet ! s'épouvanta Marthe. Je ne m'en sens pas capable !

– Ah ! Ah ! Je le savais bien ! triompha Germaine, que les propos de Georges avaient piquée. Il n'y a que moi...

– Ou moi, intervint timidement Marie sous les regards médusés des autres membres du club. J'ai eu ma fille au téléphone hier soir. Je lui ai demandé comment procéder sur Internet. Bien sûr, j'ai tout noté, ajouta-t-elle en tirant une feuille du sac à main démesuré qu'elle s'obstinait à emporter avec elle partout où elle allait. Je vous lis les instructions de ma fille :

Premièrement, cliquer sur le e *bleu ou bien sur la Terre entourée d'une queue de renard.*

Deuxièmement, aller sur Gougueul (un G multicolore).

Si je n'y arrive pas directement, ma fille me conseille de taper quand même « Gougueul » dans la grande fenêtre blanche, car c'est le moteur qu'elle préfère. Attention, ça s'écrit G O O G L E même si on dit « gougueul ».

Troisièmement, taper Pages Jaunes, *puis* luthier à Paris. *Si c'est trop compliqué, je peux aussi taper directement* luthier Paris *sur Gougueul, ça devrait marcher.*

Ma fille m'a dit qu'elle pouvait faire la recherche pour nous, mais je n'ai pas osé lui donner mon accord sans vous demander votre avis.

– Pourquoi tu ne nous as pas dit tout ça avant ! s'écria Pierre. Tout ça me semble beaucoup mieux ficelé que le projet fumeux de Germaine ! Marie, laisse-moi te dire que tu es géniale !

Marie rougit comme une jeune fille à ce compliment, tout en coulant un regard anxieux en direction de Germaine. Pierre comprit que Marie craignait les réactions vives et souvent discourtoises de celle qui s'était imposée comme leur chef. Il s'abstint donc de taquiner la trop émotive Marie à ce sujet.

– Voilà qui simplifie tout ! se réjouit Suzanne. Nous aurions dû y penser ! Bien sûr que l'un ou l'autre de nos enfants ou petits-enfants peut nous aider ! C'est une évidence !

– Vous n'avez aucun amour propre, ma parole ! s'insurgea Germaine. Moi, j'ai ma fierté, fit-elle en redressant le menton. Il ne sera pas dit qu'on m'assistera une fois de plus. J'en fais une affaire personnelle ! Si vous ne m'aidez pas, j'y arriverai toute seule… Ce n'est pas parce que je me suis cassé le col du fémur que je suis devenue un vieux rebut inutile, faites-moi confiance ! Le numérique ne me fait pas peur !

Et puis moi, je saurai me débrouiller seule avec les mots anglais qui traînent sur Internet… Pas comme d'autres que je connais…

Ses cinq camarades se regardèrent, plus touchés qu'ils ne voulaient se l'avouer par les velléités d'autonomie de Germaine, dont les propos trouvaient un profond écho en chacun d'eux.

– On tente le coup ! décréta Georges, chez qui l'âme du résistant s'était décidément réveillée. Mais je te préviens, Germaine, on essaye juste une fois. Si ça capote, Marie appelle sa fille pour qu'elle fasse la recherche à notre place. Et bien sûr, c'est Marie qui s'introduit dans le bureau avec le mode d'emploi que lui a dicté sa fille pendant que tu déambuleras bien sagement dans le couloir. Et c'est Marthe qui fera à la jeune Lise le coup des mots fléchés

– Je préférerais des mots croisés… rectifia cette dernière.

Frappée par l'autorité de Georges, Germaine n'osa pas regimber. Il conclut donc :

– Bon, puisque nous sommes tous d'accord, l'opération *Alice Project* aura lieu cet après-midi à 14 h 30.

Marie

Le plan du Club des Six faillit se dérouler sans accroc. Faillit seulement, hélas. Les manœuvres de diversion furent toutes effectuées avec brio. La mission de Marthe et Georges fut d'autant plus facile à accomplir que la maison de retraite comptait au total près de 80 pensionnaires qui ne laissaient guère de répit au personnel. Exactement comme prévu, Germaine et son déambulateur arpentèrent en bougonnant le couloir du rez-de-chaussée pendant que Pierre amusait Mlle Bichon, la secrétaire, en affectant de lui faire un brin de cour. Suzanne réussit à accaparer Chloé un peu plus longtemps que d'habitude.

Bref, personne ne vint déranger Marie, dont le chignon se mit pourtant rapidement à trembler. Quand elle fut installée devant l'ordinateur, en effet, ce fut pour constater qu'il était éteint. Complètement éteint. Et bien sûr, il fallait entrer le mot de passe du directeur pour pouvoir s'en servir.

Même Germaine n'eut pas la mauvaise foi de l'accabler lorsque Marie conta piteusement son échec à ses amis. Elle reconnut bien volontiers que *même elle* n'y aurait pas pensé. Un mot de passe ? Et puis quoi, encore !

– Dommage que ta fille ne t'ait pas parlé de ça, se contenta de commenter Georges.

– Elle pensait qu'on mettrait l'ordinateur à ma disposition… Pas que j'allais entrer en douce chez le directeur… répondit Marie.

– Alors tant pis, soupira Suzanne, résignée.

– Comme tu dis… approuva Marthe. N'empêche que savoir qu'il fallait un mot de passe nous aurait évité bien des frayeurs ! Si on avait su, on aurait renoncé tout de suite et je n'aurais pas eu autant de palpitations !

– On n'en parle plus, d'accord ? décréta Georges. Et on passe au plan B. Ce soir, ça ira, Marie ?

– Oui, oui, s'empressa d'approuver la vieille dame qui se sentait responsable de l'échec du plan A. J'appelle ma fille ce soir.

Le lendemain, Marie était plus pimpante que jamais quand elle rejoignit ses amis à la table qu'ils avaient pris l'habitude d'occuper tous les six à chaque repas, depuis que l'atelier d'Alice avait fait d'eux de véritables amis.

– Ma fille a trouvé la liste des luthiers, annonça-t-elle non sans fierté.

– Ah ! Quelle bonne nouvelle ! applaudit Suzanne.

– Oui, mais il y a un petit problème…

– Encore ! s'écrièrent en chœur Marthe, Pierre et Germaine.

– Les Pages Jaunes donnent une liste de 229 noms… Ça fait beaucoup, non ?

Deux cent vingt-neuf.

Ses amis accusèrent le coup, mais très vite Georges se ressaisit :

– La belle affaire ! Ils ne s'appellent pas tous Antoine ! C'est très facile de faire le tri !

– Pas si facile que ça, répliqua Marie. Il s'agit souvent de petites entreprises, et Antoine n'est peut-être pas son propre patron…

– Je parierais que si, dit Germaine. Alice vantait son talent dans son poème.

– Elle a peut-être exagéré… Quand on est amoureux, on a tendance à tout enjoliver, commenta rêveusement Marthe.

– On commencera quand même par les « Antoine ». Si on ne trouve pas, on pourra toujours chercher du côté des employés. Maintenant, montre-nous la liste, ordonna sèchement Germaine sans s'embarrasser de formules de politesse.

– C'est que… bafouilla Marie. J'ai renoncé à tout prendre en note. Ma fille a imprimé la liste avec les adresses et les numéros de téléphone. Elle la poste ce matin. Elle me l'a promis. Elle doit glisser un plan de Paris dans l'enveloppe, ça peut servir…

– J'espère qu'elle n'a pas mis un timbre vert, grogna Germaine.

Suzanne jugea plus sage de ne pas relever et d'aiguiller la discussion dans une autre direction.

– Et si nous parlions plutôt de samedi ? Notre *Alice Project* peut bien attendre encore un peu, non ?

Comme toujours, elle avait raison, et tous le reconnurent. Le samedi suivant, en effet, serait à marquer d'une pierre blanche. Car ce devait être le grand jour. Celui des noces de Georges et Élisabeth.

Les mariés

– Alice était vraiment émue samedi, remarqua Suzanne.

– Normal, commenta Pierre, ce mariage était son œuvre, après tout !

– C'est très délicat de la part d'Élisabeth de l'avoir choisie comme témoin… dit encore Suzanne.

– Très délicat, oui, renchérit Marie. Comme c'était délicat de nous avoir tous invités…

– À nos âges, les amis encore de ce monde ne courent pas les rues, crut bon d'ironiser Pierre.

– Il n'empêche, insista Marie en haussant les épaules. Ils n'étaient pas obligés de s'encombrer de vieux débris comme nous ! Ils étaient très largement entourés par leurs enfants, petits-enfants et arrière-petits-enfants.

Marthe, qui venait d'entrer, se mêla à la conversation :

– J'ai trouvé la robe grise et le manteau bleu marine d'Alice bien austères pour un mariage. Dieu sait que je suis attachée à cette petite, mais elle aurait pu faire un petit effort, quand même !

– On ne sait jamais comment s'habiller, en cette saison ! argua Suzanne pour défendre Alice.

– C'est vrai, concéda Marthe… Mais elle aurait pu tenter un peu de couleur. Ne serait-ce qu'un foulard ! L'imperméable jaune citron de Chloé était un peu voyant, mais beaucoup plus adapté aux circonstances…

– On n'en sort pas… déplora Marie. La solitude ne vaut rien à Alice. Si elle avait un fiancé, elle se pomponnerait plus, c'est certain. Nous avons raison de lui donner un coup de pouce. Pourvu qu'Antoine soit le bon !

Germaine vint s'asseoir à son tour.

– En parlant de l'homme idéal, fit-elle, Chloé ne nous avait-elle pas dit qu'elle viendrait avec son docteur ? Vous l'avez vu, vous ?

– Non, observa Pierre. Il a sans doute été retenu par une urgence.

– En revanche, il y avait un bien joli garçon à l'église. Juste derrière Chloé, précisément… dit Marthe.

– Ah ? s'étonna Suzanne.

– Je l'ai remarqué aussi, dit Marie. Un beau brun avec les cheveux légèrement longs et des yeux vairons. Un détail pareil, ça ne s'oublie pas !

– Alors, j'y suis ! s'exclama Suzanne. Il était aussi à la petite fête de la Chandeleur ! C'est un aide-soignant de Saint-Mihiel. Jules… Ou Julien. Quelque chose comme ça…

– Ça doit être ça… trancha Germaine, qui semblait moins sensible au charme du jeune homme que ses amies. Bon, est-ce que tout le monde a son objet ?

Un rapide coup d'œil la renseigna. Tout le monde avait comme prévu apporté un objet personnel. Suzanne caressait du bout des doigts un vieux cahier jauni. Pierre dépliait, roulait et redépliait depuis un quart d'heure une grande image d'Épinal portant comme titre *L'Arbre d'amour*. Marie astiquait avec le coin de son mouchoir une antique cloche en verre abritant une couronne de fleurs d'oranger. Marthe feuilletait un exemplaire de *Paris Match* (un numéro collector !) relatant le mariage de Grace Kelly avec le prince de Monaco. Les « quatre dissidents » – Germaine n'avalait toujours pas d'avoir formé un Club des Six plutôt qu'un Club des Dix – avaient respectivement posé devant eux une élégante cravate, deux alliances, un long voile blanc et une vieille boîte de dragées de la maison verdunoise Braquier. Quant à elle… Germaine contempla avec émotion le cadre qui ne quittait d'ordinaire pas sa table de chevet. Un officier américain y était immortalisé au côté d'une belle jeune femme blonde.

La porte de la salle d'activités émit son grincement caractéristique et s'ouvrit sur Georges, qui s'appuyait sur le bras d'Alice à défaut de celui d'Élisabeth. Mais il ne désespérait pas : il allait bientôt retrouver sa moitié. À Saint-Mihiel, en effet, ils rénovaient une grande chambre double pour accueillir les « jeunes mariés ». L'affaire de trois ou quatre semaines tout au plus.

– Oh ! Qu'est-ce que tout ça ! demanda Alice en embrassant du regard les vieux objets soigneusement alignés sur les tables.

– La suite du *Madeleine Project*, bien sûr, proclama Germaine avec un impeccable accent anglais.

– Alors, c'était vrai ? Vous acceptez vraiment de faire parler un de vos vieux objets ?

– Je ne vois pas pourquoi nous aurions changé d'avis ! dit Georges en s'asseyant et en tirant de sa poche une partition de musique pliée en huit.

– Et vous ne remarquez rien, Alice ? demanda Suzanne.

Alice prit le temps d'examiner chaque objet avant de rendre son verdict.

– C'est plus évident pour certains que pour d'autres, mais il me semble qu'ils ont tous un rapport avec le mariage.

– En plein dans le mille ! se réjouit Pierre. On a eu une bonne idée, non ?

– Excellente ! Voilà ce que je vous propose, dit Alice. Vous écrirez d'abord un texte en rendant compte des souvenirs attachés à votre objet. J'imagine que cette phase de l'atelier ira vite. Puis vous échangerez vos objets et chacun inventera une histoire à partir de celui dont il aura hérité. Je suis impatiente de vous lire !

Les luthiers

Dès qu'Alice eut quitté les lieux, Marie retira solennellement de son grand sac la liste des luthiers parisiens envoyée par sa fille et tant attendue par le Club des Six.

– Rendez-vous demain à 9 h 30 dans le salon de belote, dit-elle en s'enhardissant au point de fixer les modalités de leur rencontre sans consulter Germaine. Il y a là-bas un téléphone que nous pourrons tranquillement utiliser. Nous avons du pain sur la planche ! Et il faudrait que nous ayons terminé avant le grand déménagement de Georges.

– Qu'allons-nous leur demander exactement, à tous ces Antoine ? s'enquit Marthe.

– C'est un peu ça le problème, reconnut Marie. J'y ai beaucoup pensé… Il s'agit assurément d'un amour platonique à sens unique…

– Miséricorde ! s'écria Marthe. Dit comme ça, on prend conscience que notre entreprise est complètement folle !

– On le savait depuis le début, rappela Suzanne. Nous nous sommes mis à enquêter sur la base de bien maigres spéculations ! Soyons honnêtes, ce que nous recherchons vraiment, c'est le « désennui ». Nous prenons plaisir à évoquer nos souvenirs, mais nous avons aussi besoin d'envisager un avenir. Notre *Alice Project*, c'est excitant. Voilà la vérité. Nous le faisons autant pour nous que pour elle…

La petite communauté l'écoutait en observant un silence presque coupable.

– Dès lors, poursuivit Suzanne, pourquoi ne pas continuer ? Nous passerons pour de gentils originaux auprès de tous ces luthiers. Ils seront indulgents, car ils comprendront que nous sommes vieux. Que voulez-vous ! Le grand âge s'accompagne de quelques privilèges… Il y a néanmoins un impératif : Alice ne doit rien savoir, sous peine de souffrir inutilement de l'imprévisible issue de notre petit jeu.

– Eh bien, dit Germaine, tu t'y entends pour remettre les pendules à l'heure !

– Et pour dire aux gens leurs quatre vérités, renchérit Pierre.

– Une bande de vieux fous ! murmura Georges, voilà ce que nous sommes ! Mais ce que j'ai fait samedi en épousant mon Élisabeth n'était-il pas une folie encore plus grande ? En ce qui me concerne, c'est décidé, je continue ! Qui sait s'il n'en ressortira pas au final quelque chose de bon pour notre chère Alice ?

Le lendemain, à l'heure fixée par Marie, le dépouillement de la liste commençait. Avec à la clé une divine surprise. Les pages jaunes « ratissaient large », pour reprendre l'expression irritée de Germaine. Très large, même. Retrouvant ses vieilles habitudes d'institutrice, Suzanne entreprit de barrer tout ce qui ne correspondait pas exactement à leur recherche, à savoir l'écrasante majorité des noms de leur liste. Avec l'approbation de ses amis, elle raya toutes les mentions « vente, location d'instruments », biffa les « réparation d'instruments », élimina les improbables revendeurs de « batteries acoustiques » (que diable faisaient-ils dans la rubrique « luthiers » ?) et autres marchands « d'instruments à vents ».

Les « archetiers » firent débat au sein du groupe, mais lorsque Marie rappela de sa voix fluette qu'Alice n'avait pas du tout réagi quand elle avait présenté son « homme-archet » le jour des collages, ils furent à l'unanimité exclus de la liste. Restait une petite vingtaine de noms d'ateliers. Dix-huit exactement. Dix-huit sur 229 noms à l'origine. En se dépêchant et si personne ne venait le déranger, le Club des Six pouvait espérer accomplir sa mission avant l'heure du déjeuner.

– Cette fois, nous y sommes, dit Suzanne. Comment allons-nous formuler notre demande au téléphone ?

– J'y ai réfléchi, dit l'increvable Germaine. On demande si un Antoine travaille dans l'atelier. On explique qu'on l'a rencontré à un concert, mais qu'on a oublié son nom de famille. S'il y a bien un Antoine, on demande à lui parler et… et…

– … Et ? la pressa Pierre.

– C'est là que ça se corse, admit Germaine du bout des lèvres.

– Soyons simples ! intervint Pierre. On lui demande s'il connaît une certaine Alice Bonvillet, étudiante en sociologie, qui a été sa voisine pendant des années. Ensuite, on avise en fonction de sa réaction.

Déjà, Marthe et Marie s'agitaient dans leurs fauteuils.

– Aviser, ce n'est pas du tout mon truc, dit la première.

– Ce n'est pas dans mes cordes non plus, s'empressa d'indiquer la seconde.

Tous les regards se tournèrent vers Germaine qui, jubilant à l'idée que ses incomparables qualités étaient enfin reconnues, lâcha, comme si elle leur faisait une faveur :

– D'accord ! C'est bon… Je m'en charge !

La tournée téléphonique des luthiers pouvait commencer. Les cinq premiers ateliers sélectionnés furent rapidement consultés. Pas d'Antoine.

« L'adorable jeune homme » (dixit Germaine au grand étonnement de ses camarades) de l'atelier numéro 6 leur fit gagner beaucoup de temps en leur indiquant le nom de cinq autres ateliers où – il en était absolument certain (« à cent pour cent », précisa Germaine) –, aucun Antoine ne travaillait.

– Plus que sept ! s'enflamma Marthe.

– Mais plus que trois quarts d'heure, rappela Georges.

Le cœur battant, Germaine reprit son téléphone. Aucun Antoine à l'atelier numéro 12, pas davantage au numéro 13, ni au numéro 14.

– Nous jouons de malchance ! s'énerva Pierre. Il faudra continuer encore longtemps comme ça ?

La femme qui décrocha au numéro 16, à 11 h 20, fut enfin porteuse de nouvelles. Elle certifia à Germaine qu'il n'y avait aucun luthier répondant au prénom d'Antoine au numéro 17 ; au numéro 18 non plus, mais… Les camarades de Germaine, suspendus au haut-parleur du téléphone, retinrent leur souffle…

– Mais il y a une association de trois luthiers qui a fait faillite il y a quelques mois, énonça la luthière. Et il me semble bien qu'un Antoine y travaillait.

À la réflexion, elle en était même certaine.

– Que sont devenus ces luthiers ? demanda fébrilement Germaine.

– J'ai entendu dire qu'au moins l'un d'entre eux était rentré au bercail. Dans la petite ville où beaucoup d'entre nous ont été formés…

– Mirecourt ! s'exclama Suzanne.

– C'est ça, oui, confirma la luthière qui l'avait entendue. Mirecourt. Si j'étais à votre place, c'est là que je me renseignerais.

Et elle salua courtoisement avant de raccrocher.

– Cette enquête devient vraiment palpitante ! déclara Georges qui, à l'inverse des autres, ne semblait pas du tout déçu. Nous voilà repartis pour de nouvelles aventures !

– On dirait que ça te fait plaisir que nous soyons dans l'impasse… fit Germaine avec humeur.

– Plaisir ? Tu y vas fort ! Mais tu avoueras que chercher Antoine est bien plus distrayant que de regarder *Des chiffres et des lettres* ou *Les Feux de l'amour* !

Voyant que Germaine allait vertement répliquer, Marie, qui détestait les conflits, s'empressa de prendre la parole.

– Alors comme ça, tu connais Mirecourt ? dit-elle à Suzanne. C'est grand ?

– Pas plus que Commercy, mais c'est la capitale de la lutherie, et ce n'est pas très loin d'ici ! Je dirais… à la louche… cent kilomètres tout au plus. Je suis sûre que vous en avez entendu parler un jour ou l'autre !

– Possible, maugréa Pierre, mais combien de chances a-t-on d'y retrouver Antoine ? Une chance sur cent ? Une sur mille ?

Marthe soupira :

– Qu'est-ce que tu es défaitiste, parfois ! On n'a qu'à refaire comme avant ! La fille de Marie peut nous chercher la liste des luthiers de Mirecourt ! Ça n'est pas la mer à boire ! Et dès qu'on l'a, on se refait une petite séance de téléphone !

– Tout à fait, appuya Marie… Marthe, ce soir, tu n'as qu'à venir dans ma chambre avec moi. Tu écris vite, toi… Ma fille te dictera les numéros de téléphone. Si l'on considère que Mirecourt a la taille de Commercy, il ne doit pas y avoir là-bas beaucoup de luthiers ! Capitale de la lutherie ou pas.

Il y en avait tout de même dix. C'était beaucoup pour une ville aussi petite. Mais c'était peu dans l'absolu. Même Pierre reprit courage, quand Marthe et Marie leur annoncèrent la nouvelle, le lendemain, à la table du petit déjeuner.

La séance téléphonique fut rondement menée, car ils tombèrent du premier coup sur un luthier à même de les renseigner. Il s'agissait d'un jeune homme très affable qui sut tout de suite de qui il s'agissait quand Germaine évoqua un « Antoine » qui « avait longtemps travaillé à Paris » et « devait avoir à peu près trente ans ».

– J'ai appris la lutherie avec lui, dit son interlocuteur. Ici même… Mais je l'ai perdu de vue. Il paraît qu'il est parti vivre à Boston.

– Boston ? Aux États-Unis ? demanda Germaine.

– Oui…

La consternation se peignit sur les visages parcheminés des membres du Club des Six. Seule Germaine paraissait ne pas être ébranlée par l'information. Atterrés, ses amis ne remarquèrent pas la lueur facétieuse qui s'était même allumée dans ses yeux. Sans se démonter, Germaine poursuivit tranquillement et poliment son interrogatoire.

– Auriez-vous une idée de l'adresse d'Antoine à Boston ? risqua-t-elle.

– Je pense que je peux vous trouver ça sans trop de problèmes, répondit le jeune homme. Attendez, je regarde sur mon smartphone…

Il y eut un petit temps mort à l'issue duquel on l'entendit jurer entre ses dents.

– C'est pas croyable ! s'écria-t-il. Je ne trouve rien ! Rien du tout ! Il n'est sur aucun réseau social. C'est comme s'il s'était évaporé !

– Mais enfin, on ne disparaît pas de la circulation comme ça ! Surtout de nos jours ! tonna Pierre assez fort pour être entendu du luthier.

– Antoine, si, répartit ce dernier. Il en est tout à fait capable. C'est un solitaire. Il l'a toujours été… Discret, pas très causant… Plus à l'aise avec la musique qu'avec ses congénères…

Suzanne eut une illumination. Elle fit signe à Germaine de lui passer le téléphone.

– Bonjour Monsieur, je suis Suzanne, se présenta-t-elle. J'aide Germaine à retrouver Antoine. Peut-être que ses parents pourraient nous aider… Vous les connaissez ?

– Non, je suis désolé. Je n'ai jamais su d'où était Antoine. Parce qu'il ne parlait presque pas, justement… À personne.

– Et son nom de famille, quel est-il ? demanda encore la vieille institutrice de sa voix douce.

– Martin. Antoine Martin. Mais j'entends sonner... Je dois vous laisser... Je suis vraiment navré de ne pas avoir pu vous aider... Bonne chance à vous tous !

Et il raccrocha. Autour de Suzanne, les signes de découragement et les soupirs agacés se multipliaient. Seule Germaine demeurait étrangement coite.

– Antoine Martin, répéta Marthe.

– Avec un tel patronyme, autant chercher une aiguille dans une botte de foin, se désola Marie.

– Pas si on a une botte secrète... intervint Germaine en sortant enfin de son extraordinaire mutisme. Et cette botte secrète, comme toujours, c'est moi !

James

Je n'ai pas conservé son uniforme, et c'est bien dommage ! Cet homme qui a si fière allure, c'est mon père, James. James Desmoines. Un nom qui sonne bien de chez nous, mais qui me vient en réalité de mes ascendants américains, lesquels avaient eux-mêmes des ascendants français installés en Louisiane. Papa a été élevé dans le culte de ces lointains ancêtres français, et c'est pourquoi il n'a pas hésité à traverser l'Atlantique pour venir défendre la France pendant la Grande Guerre.

Il a participé à l'offensive du Saillant de Saint-Mihiel, en septembre 1918, où il a été blessé et laissé pour mort. C'est mon grand-père maternel qui l'a trouvé et a compris qu'il était encore vivant. Il l'a traîné jusqu'à l'ambulance américaine en le portant sur son dos ! On peut dire qu'il lui a sauvé la vie ! Pépère a pris régulièrement de ses nouvelles et, une fois remis, mon père lui a rendu visite chez lui, à Rouvrois, où il a fait la connaissance de maman. Et ce qui devait arriver est arrivé : ils se sont plu au point que James n'a plus voulu rentrer aux États-Unis. Et ils se sont mariés au printemps 1919. Ils étaient tout jeunes. Vingt et un ans pour papa, vingt ans pour maman. Sur leur photo de mariage, ils sont très beaux, mais on dirait deux enfants déguisés ! Ils ont eu cinq enfants. Moi, je suis la ravisotte, née en 1938. J'ai toujours entendu papa dire qu'il nous montrerait l'Amérique. Mais il est mort avant que ça se fasse… Je ne connais pas ma famille des États-Unis, mais je la porte dans mon cœur. Et papa m'a laissé sa langue en héritage.

– Voilà, dit Germaine en repliant un feuillet gondolé par une large auréole de tisane. Quand la séance d'écriture sur le mariage s'est achevée, l'autre mercredi, je n'avais pas eu le temps de vous lire mon texte. C'est chose faite, à présent.

– Alors comme ça, tu es à moitié américaine ? demanda rêveusement Marthe.

– Parfaitement, Madame ! Et je n'en suis pas peu fière ! se rengorgea Germaine.

– C'est incroyable, ça ! s'exclama Pierre. Pourquoi ne nous as-tu jamais rien dit ?

– Parce qu'on ne m'a jamais rien demandé, pardi ! L'occasion ne s'en est jamais présentée ! Et je ne suis pas du genre vantard…

– Que signifie la dernière phrase de ton texte ? demanda Georges, qui avait réprimé un sourire à la mention de la modestie revendiquée par Germaine. Tu parles anglais ?

– Tout juste, confirma Germaine. Enfin… C'est vrai que je dois être un peu rouillée pour le parler, mais je n'ai pas perdu la main pour l'écrire. Oh que non ! Je n'ai jamais eu les sous pour partir en Amérique, mais mon frère aîné, Adam, s'y est marié.

Malgré mon sale caractère, je n'ai jamais perdu le lien qui nous unissait. Jamais. Ça fait quinze ans qu'Adam est mort, mais je continue depuis des années et des années à correspondre *en anglais* avec mes neveux et petits-neveux. Et devinez où habite Jude ?

– À Boston ! s'exclamèrent ses cinq amis dans un ensemble attendrissant d'enthousiasme et de ravissement.

– Voilà qui met de nouveau toutes les chances de notre côté, pas vrai ? conclut Germaine, rayonnante.

Jude

Boston, le 5 avril

Chère tante Germaine,

Il y a quatre ateliers de luthiers à Boston. Comme tu m'as dit être très pressée et que je ne peux rien refuser à ma tante de France préférée, je me suis rendu dans chacun d'eux hier. Tu avais raison, il y a bien un Antoine Martin qui travaille dans l'un d'eux. J'ai pu lui parler, mais je l'ai trouvé très timide, pour ne pas dire méfiant. Tu m'avais interdit de faire allusion à votre Alice. J'ai suivi tes instructions à la lettre et je pense que j'ai bien fait. Si j'avais abordé un sujet aussi personnel, je crois bien qu'il m'aurait envoyé valser. Et si tu veux mon avis, il aurait eu bien raison !

Heureusement que je joue moi-même du violon. J'ai bien senti que si je voulais avoir une chance de me le mettre dans la poche, il fallait que je lui parle musique. J'ai acheté de la colophane et deux nouvelles cordes (dont je n'avais pas besoin, j'espère que tu apprécieras l'étendue de mon dévouement !), histoire qu'il croie que c'était là le but de mon passage dans son atelier. Et puis, l'air de ne pas y toucher, je lui ai demandé s'il était français comme le laissait supposer son accent. Je l'ai (habilement !) amené à me donner son nom et là, j'ai pris un air super étonné :

– C'est pas croyable ! Ma grand-tante m'a parlé de vous il n'y a pas une semaine ! (Là, au moins, c'était la vérité…).

Je lui ai raconté que c'était toi qui m'avais donné mes premiers cours de violon et que tu m'avais dit bien le connaître. Il s'est étonné de ne pas se rappeler de toi (normal !), mais j'ai tenu bon. Je lui ai même affirmé avec aplomb qu'il t'avait réparé un violon de grande valeur au sujet duquel tu avais de nouveau un gros problème.

– Mais j'y pense, ai-je suggéré, vous pourriez peut-être la conseiller ! Vous connaissez l'instrument !

Et sans lui laisser le temps de dire ouf, j'ai griffonné ton adresse et ton numéro de téléphone sur un bout de papier que je lui ai fourré de force dans la main.

– Ma grand-tante serait charmée d'avoir de vos nouvelles. Elle m'a dit tant de bien de vous ! ai-je ajouté au cas où il aurait été sensible à la flatterie (mais ça n'a pas l'air d'être son genre), ce serait vraiment gentil de votre part de lui écrire !

Ce garçon semble très droit. Je dois dire que j'ai été un peu gêné de le baratiner ainsi. Je ne pense pas avoir été très crédible. Et comme il a l'air discret et peu curieux… Très franchement, je ne crois pas qu'il va donner suite…

Germaine ne prit pas la peine de traduire la fin de la lettre à ses amis.

– La balle est dans le camp d'Antoine, à présent, se contenta-t-elle de commenter. Je crains de m'y être mal prise. En fait, quitte à avoir aussi peu de chance de succès, j'aurais dû conseiller à Jude de jouer cartes sur table et de tout déballer… Le Club des Six, l'*Alice Project*… Tout.

– C'est bien la première fois que je t'entends faire ton mea-culpa, Germaine ! s'étonna Pierre. Je ne pensais pas que c'était possible !

– Tu n'as rien à te reprocher, ma chère, dit Suzanne en lui prenant la main… Si Antoine est aussi ombrageux qu'on nous l'a rapporté, ni toi ni personne n'a quelque chance que ce soit de favoriser ses retrouvailles avec Alice…

– Bon, résuma Georges. Je crois bien que cette fois, les carottes sont cuites ! Notre *Alice Project* a au moins eu le mérite de bien nous divertir ! Si par miracle il y avait du neuf, je compte sur vous pour me tenir au courant ! Plus qu'une semaine avant le grand chambardement ! J'ai hâte de partir vivre avec mon Élisabeth, mais vous et vos plans tordus allez sacrément me manquer !

CINQUIÈME PARTIE

Les cadavres exquis

Mademoiselle Histoires

Depuis l'atelier des collages à la Prévert et la coopération à distance de Lucie et Lucien, une idée trottait avec constance dans la tête d'Alice : réunir *physiquement* petites têtes blondes et vénérables têtes blanches dans un atelier commun. Elle en avait touché un mot à Mme le maire, qui s'était immédiatement enflammée pour le projet :

– Un atelier intergénérationnel ! Mais bien sûr ! C'est très en vogue, ce genre de chose ! Vous ai-je dit que je compte me présenter aux prochaines élections départementales ? Me prévaloir d'une telle expérience serait du dernier chic ! Et puis… L'école et la maison de retraite sont à deux rues. C'est plus que jouable ! Et quand je dis jouable, je ne parle pas d'une petite séance comme ça en passant, je parle d'un atelier pérenne. Ah ! ma petite Alice ! Vous êtes une perle !

Alice l'avait écoutée en souriant, sans chercher à endiguer l'impressionnant flot de ses paroles. Elle qui détestait la paperasse n'avait rien à faire. Mme le maire s'occupait de tout, organisait tout. Les modalités de fonctionnement seraient très simples : tous les vendredis, Alice conduirait les enfants à la Maison Saint-Joseph.

Les retraités – qu'elle voyait déjà tous les jeudis – bénéficieraient donc d'une séance supplémentaire.

Les activités intergénérationnelles débutèrent à Saint-Mihiel la semaine où les pensionnaires de Commercy découvraient le *Madeleine Project.* Alice décida de faire du « cadavre exquis » le pilier de ces nouvelles séances du vendredi. Elle proposa aux membres de son hétérogène public de collégialement rédiger un petit texte pour se familiariser avec l'exercice. S'ils accrochaient, elle leur demanderait ensuite d'élaborer une histoire plus longue et plus complexe. Quand Alice eut expliqué le principe du cadavre exquis littéraire (exemples à l'appui) et inscrit au tableau la succession grammaticale des expressions attendues (sujet, verbe transitif suivi d'un COD ou verbe intransitif suivi d'un COI, complément circonstanciel…), les enfants soupirèrent. « En fait, on doit faire du français ! » se lamenta Mathis. Jeanne se fit le porte-parole des anciens pour questionner d'un ton plaintif : « Ça veut dire quoi, ce jargon ? »

Alice mâchouilla sa lèvre, relut les consignes qu'elle avait inscrites au tableau et admit :

– Vous avez tous raison ! C'est sûr que ça ne fait pas du tout envie ! Bon, je change de tactique… On laisse tomber tout ça ! D'ailleurs, je m'empresse d'effacer ces horribles consignes ! Je vais plutôt passer derrière chacun de vous, regarder ce que vous avez écrit, plier moi-même la feuille et indiquer à l'oreille du suivant le genre d'expression qu'il devra employer pour continuer ou finir les phrases amorcées… Vous êtes prêts ? Alors, allons-y !

Mademoiselle Histoires, écrivit Lilou en regardant Alice,

trait, continua Jeanne sous la bande de papier repliée par les soins d'Alice,

un cerveau embrouillé, poursuivit (avec ou sans malice ?) Mathis qui était assis à côté de Lucien.

Sa bicyclette rouillée, enchaîna Élisabeth,

gargouille, écrivit Emma qui était en charge du deuxième verbe,

dans ma valise, ponctua Lucien à qui l'omnisciente Alice avait soufflé le « dans ».

Son petit chat rose, reprit Samira

joue du pipeau, nota François qui s'était enfin décidé à faire autre chose que ronfler dans son coin,

au milieu d'une flaque d'eau, acheva Ronan – l'amoureux d'Emma, d'après Lilou.

Ses yeux énigmatiques, écrivit Julien qui avait été mis à contribution,

s'envolent, continua Ali, le jumeau de Samira,

à l'heure où sortent les chauves-souris, dicta dans le creux de l'oreille d'Alice le doyen de l'assemblée.

Et la feuille pliée et repliée au point de ressembler à un accordéon continua à circuler jusqu'à ce que tous les enfants et tous les aînés aient participé. La lecture du chef-d'œuvre coopératif déclencha les applaudissements bruyants des enfants et aviva la bonne humeur plus discrète des vieux pensionnaires. Une fois les rires apaisés, chacun y alla de son petit commentaire :

– Je parie que Mademoiselle Histoires, c'est Alice ! cria Mathis.

– As-tu un chat, Alice ? interrogea Lucie.

– Non, répondit la jeune femme. Ni un chat rose ni un chat de quelque couleur que ce soit, ajouta-t-elle en se disant qu'un chat était tout ce qui manquait à sa panoplie de vieille fille. Mais Chloé, que vous connaissez presque tous, en a deux. Ils sont magnifiques.

– Qui a écrit « ses yeux énigmatiques » ? demanda Élisabeth, pratiquement certaine de déjà connaître la réponse, tant elle avait été attentive au sens de circulation de la feuille.

– C'est moi ! la conforta Julien. Mais bien sûr, je ne savais pas qu'il était question d'Alice ! crut-il bon d'ajouter en faisant un clin d'œil à celle-ci.

– Bon, assez parlé de moi, décréta la jeune femme en piquant un fard. On tente de nouveau l'expérience ? Cette fois, c'est moi qui choisis le sujet ! Et je vous garantis que bien malin sera celui ou celle qui parviendra à identifier la créature extraordinaire que je vais créer !

Après le départ d'Alice, le petit clan qui se trouvait à l'origine de la lettre adressée au Club di Giulietta s'attarda dans la salle de convivialité.

– Je n'ai pas rêvé ? Alice a rougi comme une collégienne quand Julien l'a regardée, n'est-ce pas ? interrogea Élisabeth.

– Aucun doute là-dessus, confirma Jeanne.

– Nous avons donc l'information que nous attendions, reprit Élisabeth. Notre Alice en pince pour Julien !

– Elle a rougi parce qu'elle est timide ! asséna François en foudroyant les deux commères du regard. Même quand elle me parle à moi, elle rougit ! Et ce n'est pas pour ça que je vais m'imaginer qu'elle en pince pour moi !

– François a peut-être raison, soupira Élisabeth, à qui l'objection du vieil homme avait fait l'effet d'une douche froide. Les personnes vraiment émotives, et nul doute que c'est le cas d'Alice, rougissent pour un oui ou pour un non…

– Admettons ! concéda Jeanne à contrecœur. Mais vous serez d'accord avec moi pour dire que Julien l'a regardée avec des yeux de merlan frit ! Et avec un sourire comme on ne lui en voit plus depuis des mois !

Cette fois, François se contenta de hausser les épaules et les sourcils avec une synchronisation dénotant des années de pratique, tandis que Jeanne clamait :

– Vivement vendredi prochain ! Vous avez vu comme Alice est à l'aise avec les enfants ? C'est peut-être de ce côté qu'il faut qu'on creuse pour en savoir plus sur ses amours.

Lilou

– Tu t'appelles Lilou, c'est bien ça ? demanda Jeanne à la petite fille à côté de laquelle elle avait pris place pour le goûter que partageaient jeunes et anciens à l'occasion de leur deuxième après-midi passé ensemble.

L'écolière fit oui de la tête en aspirant consciencieusement avec sa paille le chocolat qui restait au fond de son bol.

– Eh ben dis donc ! T'aimes le lait, toi, ma poupette ! se réjouit Jeanne.

– Z'adore ça ! zozota la fillette, la paille toujours serrée entre les lèvres.

– Tu m'en vois ravie ! Je me suis occupée de vaches toute ma vie. C'est un sacré travail, tu sais… J'étais une vraie trissette[1]… Toujours à courir comme un chat maigre, à droite, à gauche… Toute la journée.

– Je sais, répondit Lilou. Papa aussi, il élève des vaches.

Jeanne était aux anges, elle avait mis le grappin sur la fillette idéale.

1. Personne pressée (patois lorrain).

– Tu l'aimes bien, Alice ? interrogea-t-elle.

– Beaucoup, oui ! s'enthousiasma Lilou. Elle est gentille. On s'amuse bien avec elle ! Mais je préfère quand elle nous fait faire des bricolages que quand elle nous fait inventer des histoires…

Jeanne prit des airs de conspiratrice et continua à questionner la petite Lilou en chuchotant :

– Moi aussi, je l'aime bien. Grâce à elle, ma copine Élisabeth a retrouvé son amour de jeunesse. C'est pour ça que je serais contente de savoir Alice heureuse. Tu sais si elle a un amoureux ? Comme dans les belles histoires, les contes de fée… J'adorais lire ça quand j'avais ton âge…

– Bien sûr que je sais ! s'exclama Lilou en se rengorgeant, enchantée d'en connaître plus long sur le chapitre qu'une mamie de l'âge de Jeanne.

Cette dernière lui fit un petit signe de la main pour l'inviter à parler à voix basse. Lilou reprit donc sur le ton de la confidence :

– L'autre jour, Samira a demandé à Alice si elle avait un fiancé. Alice a répondu que ça ne nous regardait pas. Mais Samira a insisté. Alors Alice a failli s'énerver. Elle a dit qu'elle n'avait pas de petit ami et qu'elle n'en avait jamais eu ! Tu te rends compte, Jeanne, à son âge ! Jamais de petit copain !

– C'est vrai que ça paraît incroyable ! Mais ça ne veut pas dire qu'elle n'a jamais été amoureuse ! Bien au contraire…

– C'est exactement ce qu'a dit Emma. Elle a même demandé à Alice si elle avait un amour secret !

– Et qu'a répondu notre Alice ? s'enquit avec empressement la vieille dame.

– Elle est devenue toute rouge… Et elle a dit « oui ».

– J'en étais sûre ! exulta Jeanne. Viens voir que je t'essuie le museau, ma poupette ! T'es toute marmozée[1] !

Et elle lui claqua un gros baiser sur chaque joue.

1. Barbouillée.

La princesse qui déglutit

– Hier, j'ai joué au cadavre exquis avec les enfants du périscolaire et les retraités de Saint-Mihiel, dit Alice en servant à son invitée une appétissante part de tartes aux mirabelles, cueillies puis congelées par ses soins des mois plus tôt.

– J'adorais ça, quand j'étais petite ! s'exclama Chloé en pensant aussi bien au jeu qu'à la tarte aux mirabelles.

– Si tu avais vu nos vieux pensionnaires, poursuivit Alice, ils étaient tous si heureux !

– Et toi ?

– Comment ça, moi ?

– Tu étais heureuse aussi ? demanda Chloé.

– Très heureuse. Ça fait des années que je ne me suis pas sentie aussi bien. Je n'ai même plus besoin de me shooter avec tes Fleurs de Bach ! Ni de me prendre pour un moine tibétain.

– Alors il faudrait que ta garde-robe soit raccord avec ton état d'esprit ! observa Chloé en détaillant Alice de la tête au pied.

– Ah ? Tu trouves ? fit Alice. Oui, je crois que je vois ce que tu veux dire… Ça ira bien comme ça jusqu'à l'été. Après, promis, je tâcherai de te faire un peu de concurrence, niveau couleurs… Mais pour moi, ça risque d'être dur…

Ce disant, Alice examina à son tour Chloé.

– Quoique… Il se pourrait que ça me demande moins d'efforts que prévu…

– Qu'est-ce que tu veux dire ? demanda Chloé en piquant une mirabelle avec sa fourchette à dessert.

– Rien… Enfin si… Je me faisais juste la réflexion que tes tenues sont beaucoup plus neutres qu'il y a quelques mois. Chloé ? Est-ce que je devrais m'inquiéter pour toi ? Tu sembles croire que les vêtements que nous portons sont corrélés à notre état d'esprit… Alors…

– « Princesse Brandon déglutira une petite mirabelle gaiement dans un cageot. »

– Quoi ?

– J'avais cette citation sur le bout de la langue depuis tout à l'heure ! expliqua Chloé. Je l'ai apprise au CM1. Ou au CM2, je ne sais plus… C'est un vrai cadavre exquis d'André Breton ! De circonstance, en plus, se félicita-t-elle en portant à sa bouche un morceau de tarte.

– Je ne la connaissais pas… dit Alice, en admirant l'habileté avec laquelle Chloé avait éludé sa question sur son changement de style vestimentaire.

Elle ne revint pourtant pas à la charge. Pour lui prouver l'infaillibilité de sa mémoire, Chloé avait en effet entrepris de réciter la liste des départements français. Par ordre alphabétique. Préfectures comprises. L'énoncé du « 60, Oise, Beauvais » touchait à sa fin quand un couinement étranglé jaillit du fond de son gosier.

– C'est pas croyable ! articula-t-elle avec peine en contemplant le dos de l'assiette turquoise parsemée de fleurs jaunes et roses, qu'elle venait de retourner. Ce sont d'authentiques émaux de Longwy ! T'es folle de m'avoir fait manger là-dedans ! T'en as beaucoup comme ça ?

– Douze assiettes, douze assiettes à dessert et autant d'assiettes creuses… Et puis aussi un service à café, deux plats à tarte, un vase et une soupière…

– Une soupière ! s'exclama Chloé. Ma vieille, tu es assise sur une mine d'or ! Une seule de ces assiettes vaut au bas mot soixante-dix euros sur eBay ! Et là, je te parle de la mise à prix ! Alors je ne te dis pas combien un antiquaire demanderait pour une soupière !

– Je sais, sourit Alice. Tu les trouves beaux, ces émaux ?

– Superbes ! T'as déjà pensé à les vendre ?

– Ça, jamais ! s'écria Alice. Même quand j'étais dans la dèche la plus complète, j'aurais préféré mourir plutôt que de m'en défaire ! Il y a toute mon enfance dans ces assiettes…

Chloé comprenait. Elle se leva pour aider Alice à débarrasser, concentrée comme jamais sur cette tâche du quotidien, tant elle craignait d'ébrécher une des précieuses pièces de l'inestimable service légué à son amie par sa grand-mère.

– J'ai lu l'autre jour un article passionnant sur la nostalgie, reprit Alice en remplissant d'eau chaude l'unique bac de l'évier pour commencer la vaisselle. Des chercheurs ont montré qu'elle est une formidable réparatrice d'humeur.

– C'est joliment dit, en tout cas…

– Se remémorer des objets anciens, ces assiettes, par exemple, et les souvenirs qui vont avec, agirait comme une espèce d'élixir d'optimisme…

– Et toi, qu'est-ce que tu en penses ? demanda Chloé.

– Ce sont des études scientifiques très rigoureuses, menées dans des universités du monde entier…

Chloé secoua la tête.

– Je n'en doute pas, mais toi, en as-tu déjà fait l'expérience ?

– Je crois, oui… Il me semble que sans cette maison remplie des choses de mon enfance, j'aurais sombré dans une vraie dépression quand je me suis engluée dans le chômage… Cette maison a été ma bouée… Mon havre.

Alice rit :

– Je me rends bien compte que tout ce que je dis là peut paraître un peu niais… Mais bon… Et puis regarde nos anciens ! N'ont-ils pas l'air heureux quand je les plonge dans de bons bains de souvenance pendant mes ateliers ? Il n'y a qu'à les regarder pour abonder dans le sens de cette théorie du bien-être psychique par la nostalgie !

– Je le remarque aussi, dit Chloé. Tu peux être fière de toi, Alice, tu leur apportes vraiment quelque chose de positif !

Alice rosit à ce compliment avant de proposer un café à Chloé.

– Merci, mais je crois que je vais rentrer… Il est tard et notre conversation sur les bienfaits de la nostalgie m'a donné envie de me mettre en quête de mon vieil ours en peluche. Je l'adorais quand j'étais gamine !

– Alors, à mercredi ! dit Alice. Au fait, comment va Vincent ? Je désespère de faire sa connaissance !

– Ça va, murmura Chloé en nouant son foulard gris à pois beiges autour de son cou, ça va…

Samira

Ce vendredi-là – celui qui précédait l'emménagement de Georges à Saint-Mihiel –, Alice arriva de fort bonne humeur à l'école primaire. Elle avait vu la veille Mme le maire, qui lui avait annoncé sa décision de renouveler son contrat à la rentrée. Celle-ci avait également déclaré qu'elle ferait le nécessaire pour promouvoir son action auprès de tous les directeurs d'EHPAD de la région et auprès de ses collègues de la communauté de communes pour ce qui était des ateliers de créativité dans les écoles. Comme ses contrats aux Mirabelliers et à la Maison Saint-Joseph avaient par ailleurs été prolongés d'un an, Alice avait toutes les raisons d'envisager son avenir professionnel sous un jour optimiste.

La jeune femme demanda aux enfants de se ranger et leur distribua leurs gilets de sécurité. Une fois chacun dûment équipé, la petite troupe s'ébranla en direction de la maison de retraite. Samira glissa sa main dans celle d'Alice.

– Tu ne le trouves pas mignon, Julien ? lui demanda-t-elle.

– Julien ?

– Oui, tu sais bien, le garçon avec un œil marron et un œil vert qui s'occupe de Lucien… Ses yeux sont bizarres, mais il est quand même trop beau.

Alice s'était déjà fait plusieurs fois la réflexion. Julien était un très bel homme, et surtout il était d'une grande douceur avec ses patients. Elle devait admettre qu'elle se sentait vaguement troublée en sa présence, ce qui expliquait peut-être qu'elle n'ait jamais osé faire un pas dans sa direction pour véritablement faire connaissance avec lui. Elle haussa les épaules en pensant qu'il était à présent trop tard. Alors qu'il lui avait paru être un homme ouvert et de bonne compagnie lors de leur première rencontre, il semblait à présent taciturne, pour ne pas dire totalement fermé. Et en la matière, elle avait assez donné avec le très sérieux, très secret et très inaccessible Antoine à qui, hélas, il lui arrivait encore trop souvent de penser. De toute manière, elle ne se faisait aucune illusion, elle était bien trop timorée pour retenir durablement l'attention d'un homme autrement que dans les poèmes que lui écrivait Pierre. Et puis, elle n'avait toujours pas refait sa garde-robe, ce qui, à l'aune du baromètre « vesti-émotionnel » de Chloé, était un point noir absolument rédhibitoire. Bref, son cas était désespéré.

– Il n'est pas un peu vieux pour te servir de prince charmant, Julien ? demanda-t-elle à Samira.

– Bien sûr que si ! Les vieux comme lui ne m'intéressent pas, mais les mamies de Saint-Joseph pensent qu'il est amoureux de toi !

– Amoureux de moi ? répéta Alice en devenant rouge comme une pivoine. Où donc sont-elles allées pêcher une idée pareille ?

– Jeanne et Élisabeth en ont parlé devant Lilou, qui m'a tout répété.

– Nous sommes arrivés ! dit Alice avec soulagement. S'il vous plaît, soyez bien silencieux dans les couloirs, rappela-t-elle à l'ensemble du groupe. Et polis avec tout le monde aussi. Je ne veux plus aucune remarque sur l'odeur de la maison de retraite, aucune moquerie à propos des résidents. Je compte sur vous !

Les enfants s'installèrent dans la grande salle pendant qu'Alice faisait le tour des anciens pour les saluer en déposant un baiser sur la joue de chacun.

– Bonjour Marguerite… commença Lucien.

Comme toujours, Alice le corrigea. Comme toujours, il en déduisit curieusement que si elle n'était pas Marguerite, alors elle devait être sa sœur ou sa cousine. Et comme toujours, Alice renonça à l'arracher complètement aux ombres de son passé en s'entêtant à vouloir le détromper.

– Julien n'est pas là, aujourd'hui ? demanda-t-elle d'un ton qu'elle voulut détaché.

À peine eut-elle posé la question qu'elle s'en voulut de l'avoir formulée. Jeanne, Élisabeth, Lilou et Samira se trouvaient à deux pas de là et échangeaient des regards entendus.

– J'ai une idée pour commencer le cadavre exquis du jour, lança Jeanne à la cantonade. Et d'une écriture appliquée, elle nota tout en haut d'une feuille à carreaux : *Le Prince aux yeux vairons*…

L'exquise disparue

Alice concluait l'atelier du jour en s'appliquant à ne jamais regarder dans la direction de Julien enfin arrivé, quand Chloé fit irruption dans la salle de convivialité.

– Oh ! Pardon, balbutia-t-elle en constatant qu'Alice n'était pas seule ainsi qu'elle l'escomptait. Je pensais que la séance était terminée, mais je peux attendre, ajouta-t-elle en laissant échapper un sanglot.

Elle ressortit aussi précipitamment qu'elle était entrée, suivie de près par un Julien visiblement très inquiet pour sa collègue. Alice aussi était inquiète. Ce fut donc avec une hâte non dissimulée qu'elle salua tout son petit monde en rappelant aux enfants qu'ils devaient sagement rester dans la grande salle jusqu'à ce que leurs parents viennent les y chercher.

Quand elle parvint enfin auprès de son amie, elle la trouva effondrée dans un fauteuil, reniflant bruyamment au-dessus de la tasse de café que Julien lui tendait avec sollicitude. Alice fut frappée par l'air abattu du jeune homme, mais elle avait souvent pu observer qu'il était très empathique. Elle ne s'y attarda donc pas et se précipita sur le siège voisin de celui occupé par Chloé, laquelle ne parvenait pas à endiguer ses sanglots. Alice prit entre les siennes les mains de son amie. Glacées. Ses mains étaient glacées. Cet état éveilla davantage ses craintes que ne l'avaient fait les larmes de la jeune ergothérapeute. Comment une personne aussi chaleureuse que Chloé pouvait-elle avoir des mains aussi froides ?

– Chloé ! Ne me dis pas que tu as conduit dans un état pareil ! Tu n'es jamais ici d'habitude, le vendredi après-midi… Mon Dieu ! Dis-moi ce qu'il se passe !

– C'est Germaine, hoqueta Chloé, notre Germaine de Commercy… Elle est morte… Alice, tu te rends compte ? Morte. Comme ça, sans que rien le laisse présager.

Alice sentit les larmes lui monter aux yeux. Les images tourbillonnaient dans sa tête : Germaine qui bougonnait, Germaine qui la harcelait de questions, Germaine qui donnait son avis sur tout et n'importe quoi, Germaine qui n'en faisait qu'à sa tête, Germaine qui jubilait comme une enfant quand elle était venue à bout d'une activité. Germaine qui n'avait pas hésité à la pousser dans ses retranchements, aussi. Pour la première fois, la jeune femme prit la mesure de ce qu'impliquait un travail avec des personnes aussi âgées que l'étaient Germaine et ses amis. On découvrait des personnalités, on s'investissait émotionnellement, on s'attachait… Mais les liens tricotés étaient en sursis. Le temps faisait impitoyablement son œuvre. Alice se prit à penser au jour où Suzanne disparaîtrait à son tour. Rien que d'y songer, elle sentit ses larmes couler pour de bon. Et elle eut honte de ses pensées. Pauvre Germaine ! C'était d'elle qu'il s'agissait ! Germaine l'avait souvent heurtée par son franc-parler, mais c'était une femme qui avait du cœur. Alice n'en doutait pas et peinait à imaginer la vie aux Mirabelliers sans elle.

La jeune femme s'essuya rapidement les yeux et reporta son attention sur cette amie dont elle découvrait sans cesse de nouvelles facettes. Jamais elle ne l'aurait crue aussi sensible, aussi vulnérable.

– C'est bête à dire, sanglota Chloé, mais Germaine était ma patiente préférée. Je ne le lui ai jamais avoué parce qu'elle serait devenue bouffie de prétention, mais je l'aimais beaucoup. Vraiment beaucoup. Comme une grand-mère, en fait…

– Je comprends, dit Alice à mi-voix, en songeant de nouveau à Suzanne dont l'intelligence et la douceur l'avaient d'emblée mystérieusement conquise. Je comprends… Et je suis sûre qu'elle le sentait…

– Quoi ?

– Que tu étais attachée à elle. Elle le sentait forcément.

– Tu crois ? demanda Chloé que cette idée semblait réconforter.

– J'en suis sûre…

Chloé esquissa un pâle sourire derrière le voile de ses larmes.

– Je savais que tu comprendrais. Il n'y a qu'avec toi que je pouvais partager mon chagrin. Parce que tu la connaissais…

– C'est vrai qu'il ne la connaissait pas, mais tu as aussi Vincent… ne put s'empêcher d'observer Alice, que les circonstances renvoyaient à sa propre solitude. Et Laurèle. Et Hardie.

Chloé fut reprise d'un sanglot déchirant. Elle plongea le nez dans son mouchoir et ne dit rien pendant de longues, très longues minutes durant lesquelles Alice ne cessa de la bercer sous le regard navré de Julien.

SIXIÈME PARTIE

Journaux (plus ou moins) intimes

Suzanne 2

Je n'aurais jamais imaginé devenir un jour l'amie de Germaine. Elle était si différente de moi… Le jour et la nuit ! À la vérité, quand elle est arrivée aux Mirabelliers, je l'ai trouvée antipathique au possible. Bruyante, bavarde, curieuse, cancanière… Tout ce qui d'ordinaire m'horripile.

Je me suis donc contentée de l'observer de loin. La tenir à distance n'a pas été bien compliqué, car elle non plus ne semblait pas m'apprécier. Elle me regardait toujours en clignant drôlement des yeux et en allongeant le menton d'un air que je ne saurais trop définir, mais qui n'avait assurément rien d'amical. Un jour, je l'ai entendue qui disait à Marie :

– Suzanne n'est qu'une bêcheuse !

Elle me connaissait bien mal. Marie le lui fit d'ailleurs remarquer. Quant à moi, je la trouvais tout simplement vulgaire. Nous étions quittes !

Mais tout a changé avec l'atelier d'Alice. Nous ne sommes que dix à y prendre part. Nous n'étions que dix, dois-je hélas dire à présent. Alors il a bien fallu que je m'accommode du voisinage de Germaine. J'ai senti qu'Alice était aussi déstabilisée que moi par cette forte tête. J'aime vraiment beaucoup cette petite… Quand j'ai eu mon refroidissement, cet hiver, elle a pris de mes nouvelles tous les jours. Depuis, elle me téléphone deux fois par semaine au moins. J'attends ses coups de fil avec tellement d'impatience… Avec elle, je peux parler de tout ce que j'aime. De grande musique, surtout.

Au cours de nos séances d'écriture, j'ai appris à connaître et à estimer Germaine pour ce qu'elle était véritablement, à savoir une personne entière et franche, une qualité qui n'a pas de prix, même quand elle s'accompagne d'un incorrigible manque de tact, comme c'était le cas chez elle. Germaine n'était pas subtile, mais elle était généreuse. Encore une grande qualité qui m'a aidée à tolérer son côté général cinq étoiles, un imposant aspect de sa personnalité qui en a agacé plus d'un.

Le jour de ses obsèques, j'ai eu mal au cœur de constater qu'elle était si seule. Pas d'enfants. L'impressionnant nombre de gerbes et de bouquets témoignait d'une pléthore de cousins, petit-cousins, neveux et petits-neveux, certes… Mais aucun d'entre eux n'avait pu faire le déplacement.

Maintenant que Germaine n'est plus là, j'ai bien peur que notre Alice Project *ne soit définitivement mort et enterré. Comme ma pauvre vieille amie… Quand j'y pense ! Quelle aventure, que ce projet dans lequel elle nous a entraînés ! Une vraie cure de Jouvence ! Et ce lien inattendu avec les États-Unis… Germaine est partie beaucoup trop tôt. J'aurais tellement aimé avoir le temps de lui montrer le Journal de maman, dans lequel l'Amérique tient une place de choix. Dieu sait que j'aime mes descendants, mais je crains qu'aucun d'eux ne sache qu'en faire. La petite Clara du* Madeleine Project *comprendrait sa valeur, elle… Ou bien Alice, bien sûr… Oui, il faudra que je le montre à Alice sans tarder. La mort peut venir me cueillir aussi vite qu'elle a emporté Germaine.*

Pierre 2

Écrire un journal, c'est un truc de filles ! De filles jeunes, en plus. Alice nous a encouragés à tenir chacun notre journal intime, en privé, dans notre chambre. Privé, c'est privé ! Il ferait bon voir qu'elle vérifie si nous l'écrivons vraiment, ce satané journal ! Plus j'y pense et plus je me demande pourquoi je le fais quand même.

Mais je ne peux pas résister à Alice, ce que, bien sûr, je ne lui avouerai jamais. Je crois que c'est parce qu'elle m'a bien cerné. Je ne lui ai pas dit que je trouvais que c'était un truc de fille, mais elle a bien compris que je le pensais, et elle m'a dit :

– Vous saviez, Pierre, que Baudelaire et Alfred de Vigny tenaient un journal ?

– Évidemment ! lui ai-je répondu.

Tu parles !

Bon, je m'y mets. Je vais passer sur l'enterrement de Germaine. C'était trop triste. Je ne sais pas qui d'elle ou de moi était le plus ronchon. Sacrée bonne femme ! Elle me manquera.

Georges aussi me manquera. Car ça y est, le grand déménagement a eu lieu ! Il est parti roucouler avec son Élisabeth à Saint-Mihiel. Je suis presque jaloux, moi qui me languis tant de ma Margot ! Mais ça non plus, je ne le dirai à personne !

En tout cas, cet évènement vaut bien quelques petits vers. J'ai compulsé tout mon fourbi pour retrouver ce poème de Victoire

Babois que j'avais appris à l'école. Depuis le temps, je ne me le rappelais plus par cœur ! Je l'ai un peu arrangé pour le dédier à mon ami Georges.

À Georges

Tu quittes ta douce patrie,
Mais c'est pour suivre une tendre épouse.
Qu'importe où s'écoule la vie,
Lorsque l'amour est avec nous.

Des jeux de ta paisible enfance
Rappelle souvent les plaisirs,
Le souvenir de l'innocence
Est le plus doux des souvenirs.

Donne à l'amour sa récompense,
Donne à l'hymen les plus beaux jours.
L'amitié perdra ta présence,
Mais ses vœux te suivront toujours.

Crois-moi, son charme est en nous-mêmes,
Et l'absence n'est qu'une erreur.
On ne quitte pas ceux qu'on aime,
Ou les emporte dans son cœur.

Allez ! Je m'avance peut-être en disant que Georges nous emporte dans son cœur, mais j'ai la vanité de le croire. Il n'y a qu'à voir comme il a pleuré quand Germaine nous a quittés.

Dire qu'en une semaine, nous sommes passés du Club des Six au Club des Quatre… Ventre-saint-gris ! Je ne faisais mine de rien, mais je l'aimais bien, moi, ce club ! Je ne sais pas ce que vont décider les autres, mais je crois bien que cette fois, c'est vraiment la fin de notre Alice Project. *De toute manière, voilà quelque temps déjà que la balle est dans le camp d'Antoine… Et si j'étais à sa place, jamais de la vie je ne contacterais cette vieille bique française qui l'a pisté jusqu'aux États-Unis.*

Mais imaginons – c'est juste une supposition – qu'Antoine finisse par écrire à Germaine… La lettre lui sera retournée avec la mention : Le destinataire n'habite plus à cette adresse. *Un tampon de La Poste, et hop, retour à l'expéditeur, de l'autre côté de l'Atlantique !* L'Alice Project *capotera une fois pour toutes ! Et ça, Germaine ne l'aurait pas admis. Bon sang, il faudrait que je fasse un effort ! En sa mémoire. Je devrais aller voir Mlle Bichon et la prévenir que Germaine attendait une lettre d'Amérique qui nous était en réalité destinée à nous six. Elle ne devrait pas faire d'histoires pour me la donner au lieu de la retourner à La Poste… Enfin, j'espère… Qu'est-ce que ça te coûte, hein, mon Pierrot ? Un petit tour d'ascenseur. C'est tout.*

Ce coup-ci, c'est décidé, j'y vais. Tout de suite. Elle n'a pas tort, la petite Alice : parler à son journal, ça fait marcher les méninges et ça éclaircit les idées !

Manon et le Rusé

Nous avons pris notre temps, mais ça y est, nous nous y mettons ! Nous aussi, nous allons immortaliser les petites choses qui font la saveur de nos vies. Quand je dis « nous », il faut comprendre Georges et moi. Maintenant que nous nous sommes retrouvés, nous voulons consacrer absolument tout notre temps l'un à l'autre. Or, si nous écrivons notre journal chacun de notre côté, c'est au moins à une demi-heure commune que nous allons renoncer chaque jour !

Un journal à quatre mains. Voilà, ce que nous allons écrire. C'est Georges qui a trouvé la formule. « Un journal à quatre mains. » C'est joli, n'est-ce pas ? En réalité, une seule main va travailler : ma main droite. C'est moi qui tiens le crayon, car les yeux de mon pauvre Georges se fatiguent vite et il est plus raisonnable que ce soient les miens qui restent penchés sur ces lignes. C'est aussi moi qui tourne les phrases (si nous devions nous concerter pour chaque formule, nous ne sortirions jamais de l'auberge !), mais nous avons trouvé les idées tous les deux.

Georges m'a par exemple autorisée à confier ceci à ces pages : nous dormons dans le même lit. Nous avons bien vu que notre souhait surprenait tout le monde, mais nous avons insisté et on nous l'a accordé. Après tout, ne sommes-nous pas de jeunes mariés ? Nous sommes comme des coqs en pâte dans notre chambre. Il y a tellement de place que nous avons pu y mettre quelques meubles de chez nous.

Puisque c'est à Alice que nous devons l'idée de ce journal, parlons un peu d'elle à présent. Georges m'a raconté quelque chose de sensationnel ! À Commercy, il faisait partie d'un club qui s'était donné pour mission de retrouver un homme qu'Alice aurait aimé en secret quand elle était étudiante. A-t-on jamais entendu quelque chose d'aussi farfelu ! C'est ce que je lui ai dit et nous avons failli avoir notre première dispute. Il m'a fait remarquer que ce qui nous arrivait était encore plus extraordinaire et là, il a bien fallu que je m'incline. Alors je l'ai patiemment écouté me raconter toute l'histoire et le rôle déterminant qu'y a joué cette pauvre Germaine. J'ai été soufflée ! Il faut bien admettre qu'aux Mirabelliers, ils ont fait un sacré boulot ! Chapeau ! Mais ici, nous ne sommes pas en reste ainsi que je l'ai expliqué à mon Rusé. Il a reconnu que Julien était sans doute plus d'actualité que leur Antoine exilé Dieu sait où, et m'a demandé la permission de consulter son club à ce sujet. Il était si touchant quand il m'a fait cette requête ! J'ai dit oui, bien sûr ! Hors de question de garder égoïstement mon Georges pour moi (même si la tentation est grande) et de le couper de ses vieux amis ! Il peut bien leur raconter tout ça ! Il ne s'agit pas d'une information classée secret défense non plus ! D'ailleurs, Georges et moi pourrions assurer la liaison entre les deux groupes. Je le verrais bien coordonner la suite de nos investigations comme au temps de notre rencontre. Mais cette fois, nous ne résisterions pas aux Boches. Nous résisterions à la solitude d'Alice et au désœuvrement qui nous menace tous, aussi bien ici qu'aux Mirabelliers.

Marthe

La semaine dernière, après notre petite séance de tricot, je me suis arrangée pour faire comprendre à Alice ce que je pense de son « look » (c'est comme ça que dit Cristina sur la 6).

J'aime beaucoup tricoter avec Alice. Après son atelier, il lui arrive de rester une demi-heure à trois quarts d'heures avec moi pour que je lui apprenne de nouveaux points. Germaine m'a souvent reproché de ne pas en profiter pour lui tirer les vers du nez à propos d'Antoine. En fait, je crois qu'elle était jalouse de ces moments qu'Alice et moi partageons. Je lui ai expliqué que nous tricotons en silence, mais le silence, c'est quelque chose qui dépassait complètement Germaine. La pauvre détestait les bruits des Mirabelliers. Le Bastien qui traîne des pieds dans les couloirs, la Marcelle qui radote ses « dessus-dessus », la Georgette qui râpe des prières à longueur de nuits… Germaine avait horreur de tout ça. Pourtant, la vie, c'est ça aussi. Je me dis que, finalement, c'est peut-être mieux qu'elle soit partie aussi vite. Avant de perdre la boule, comme elle disait.

Mais revenons au look d'Alice. J'ai été coiffeuse, alors mon avis vaut bien celui de quelqu'un d'autre. C'est que je fais encore le chignon de Marie tous les matins ! Pendant qu'Alice rangeait son tricot, j'ai déballé mes magazines de coiffure et j'ai commencé à les feuilleter sous son nez. Germaine se moquait toujours de mes « catalogues de coiffures », comme elle les appelait.

– Qu'est-ce que tu fabriques avec ça, me disait-elle ? Ça fait un siècle que t'es en retraite et, sans vouloir te vexer, tes cheveux sont si clairsemés que pas une de ces coiffures de jeunette ne t'irait !

Je ne me suis jamais donné la peine de lui répondre. Après tout, chacun prend son plaisir où il peut et moi, ce qui me fait plaisir, ce sont ces revues.

J'ai commencé par dire à Alice qu'elle avait un beau cheveu souple puis, l'air de rien, je lui ai demandé si elle avait déjà porté les cheveux plus courts (ils sont toujours attachés n'importe comment, mais j'estime que lâchés, ils doivent lui arriver à la moitié du dos). Comme toujours, elle a rougi (sur ce point, on ne la changera pas, je crois…) avant d'avouer qu'elle n'avait jamais testé d'autre coiffure (notons que j'en étais sûre). Ses cheveux sont d'un châtain si terne que c'en est désespérant. Bien sûr, je ne lui ai pas dit ça !

Alice n'a pas du tout rechigné à regarder les photos avec moi. Bien au contraire ! J'avais auparavant repéré les pages sur lesquelles je comptais m'attarder. Je ne voulais surtout pas l'effrayer en cumulant les nouveautés : une coupe actuelle + une couleur, c'est trop pour une femme aussi timide !

J'avais donc préparé deux listes : trois coupes plutôt courtes sur la base d'un carré (un carré flou ondulé, un carré plongeant, un carré plus strict avec une petite frange) pour le premier groupe de coiffures ; trois coupes mi-longues à longues, plus ou moins dégradées, avec des couleurs déclinées de différentes manières (coloration intégrale, mèches…). Et j'ai attendu de voir ses réactions. Elle avait l'air sincèrement intéressé, mais elle ne disait pas grand-chose. Je commençais à désespérer quand elle m'a demandé :

– Marthe, vous croyez que je dois changer de coiffure, n'est-ce pas ?

Je lui ai seulement répondu :

– L'été va arriver ! Les femmes ont souvent envie d'être aussi pimpantes que le soleil à cette époque de l'année !

Elle a regardé pensivement Pierrot, qui somnolait dans le fauteuil d'en face.

– La première fois que je suis venue, Pierre m'a dit que je devrais être rousse.

Rousse ? Pas si bête, l'idée de Pierre, *je me suis dit.* On voit que sa Margot lui a inculqué quelques leçons de bon goût. D'ailleurs, maintenant que j'y pense, il est toujours bien habillé. Même ses gilets ont de la tenue, c'est dire…

L'idée me plaisait : pourquoi pas rousse, en effet. Mais la petite n'allait jamais oser ! C'est une couleur beaucoup trop voyante pour quelqu'un qui s'applique à être aussi effacé qu'un phasme sur une branche morte !

Mais cet après-midi, j'ai eu une sacrée surprise ! Non seulement Alice est allée chez le coiffeur, mais en plus elle a osé. Enfin, quand je dis « osé », il faut comprendre à moitié seulement. Pas de roux intégral (tant mieux, ça aurait pu faire vulgaire), mais de jolies mèches cuivrées sur une coupe mi-longue révélant des boucles naturelles de très bon aloi. Alice est une très jolie fille ! J'étais aussi fière que si c'était moi qui avais tenu les ciseaux ! Et Pierrot, donc ! Je voyais ses yeux rire derrière ses gros verres de lunettes. Il devait assister Alice pour nous faire écrire des poèmes. Il lui a débité un petit compliment en vers, si galant que j'ai bien cru qu'elle allait disparaître sous la table !

*M'est avis qu'avec ou sans Antoine, l'*Alice Project *a encore de beaux jours devant lui ! Foi de Marthe, on va trouver un bon ami à cette petite !*

Jeanne 2

Quand Alice est arrivée hier, je me suis dit : Ma Jeanne, t'es beulou[1] ou quoi ? *C'est qu'elle est jolie, Alice ! Et moi, j'avais rien vu avant. Une belle coiffure, il n'y a rien de tel pour mettre quelqu'un en valeur. Du temps où j'étais jeune, mon Léon me disait toujours :*

– Jeanne, attache donc tes cheveux plus haut sur ton crâne, comme ça, on verra mieux ta jolie pouillotte[2] *!*

Et sans vouloir me vanter, c'est vrai que je recevais quelques compliments quand j'étais coiffée comme ça…

Élisabeth nous a raconté qu'à Commercy, ils voulaient marier Alice à un Américain. Quelle idée saugrenue ! C'est drôle, tout de même, que là-bas ils aient aussi eu l'idée de trouver un bon ami à cette petite. Maintenant, nous voilà bien ! Que faut-il faire ?

Je vais d'abord récapituler (il faut toujours être méthodique dans la vie).

Liste des hypothèses concernant les amours d'Alice.

1. L'amoureux secret d'Alice (elle a avoué à la petite Lilou en avoir un) est cet Américain avec un prénom français que j'ai oublié. C'est ce qu'ils croient, aux Mirabelliers.

---

1. Qui a une mauvaise vue (patois lorrain).
2. Nuque.

2. Alice et Julien s'aiment sans oser se l'avouer (ce serait donc Julien, l'amoureux secret). C'est ce que nous pensons, ici, à Saint-Joseph.

3. Alice n'aime ni l'un ni l'autre (l'amoureux secret est un troisième homme, voire une femme, allez savoir !).

Liste de ce que nous pouvons faire.

1. Aider nos amis de Commercy à relancer l'Américain.

2. Organiser un petit tête-à-tête entre Julien et Alice (bonne idée, ça, il faut que j'en parle aux autres…).

3. Laisser tomber.

Et voilà le travail ! Rien de tel qu'une petite liste ou deux pour avoir les idées claires.

À présent, réfléchissons à ce rendez-vous. Si on veut enfin donner de l'élan à ces deux jeunes gens, il ne faut pas hésiter à biaiser un peu. Il faut les attirer dans un restaurant, le même jour, à la même heure, à la même table…

C'est vraiment magique de tenir un journal ! J'ai des visions qui me viennent, comme ça… Pof ! Comme le diable jaune et rouge qui sortait de sa boîte quand j'étais petite ! Je disais donc : un rendez-vous dans un petit restaurant. Pourquoi pas la pizzeria d'en face ? Oui, c'est très bien, ça. Il paraît qu'on y mange bien. Et avec un peu de chance, on pourrait guetter ce qu'il s'y passe depuis le réfectoire.

Maintenant, l'appât. Nous ne pouvons tout de même pas écrire de fausses invitations en nous mettant à la place d'Alice et de Julien ! Ce n'est pas vraisemblable. Ils se croisent tous les jeudis et tous les vendredis, alors si l'un voulait inviter l'autre, il le ferait directement, de vive voix, sans passer par un billet. Non, ça ne va décidément pas. Il nous faut une tierce personne qui serve de leurre. Chloé ? Elle n'a pas l'air bien en ce moment. La mort de Germaine l'a secouée. Nous la consolons comme nous pouvons, mais elle n'est toujours pas dans son assiette. Non… Je crois que ce n'est pas le moment de l'embêter avec nos histoires.

Qui alors ? Allons, allons, je sens que je brûle, je vais trouver…

J'y suis ! Il n'y a pas à dire, je devrais écrire plus souvent ! La fille de Lucien. C'est elle, la solution ! Et si elle invitait les jeunes gens qui entourent son papa à un petit repas pour les remercier ? Ça se tient. Et c'est bien dans la nature de Mme le maire, ce genre de petite initiative. Reste à savoir si nous faisons des faux ou bien si nous la mettons dans le coup pour de bon… Lundi, par exemple, quand elle viendra voir Lucien. On pourra lui parler sans éveiller les soupçons de notre Julien, qui n'est jamais là le lundi. C'est risqué, mais elle est tellement dynamique, elle a tellement d'idées ! Elle sera emballée par mon plan… Plus j'y pense, et plus j'en suis sûre !

Allons, c'est dit. Lundi après-midi, je réunis tous les copains dans le salon de télévision et nous y restons jusqu'à l'arrivée de Mme le maire.

J'ai hâte d'y être !

Madame le maire 2

Je n'en ai pas l'air comme ça, mais je n'ai pas attendu qu'Alice suggère aux copains de papa de tenir un journal pour en écrire un moi-même. J'ai commencé quand j'avais 16 ans, et depuis je ne me suis jamais arrêtée. Facebook, c'est seulement pour les news en rapport avec la Comcom. Pour le reste, je t'ai, cher vieux journal !

Quand Jeanne m'a demandé d'envoyer de fausses invitations à Alice et à Julien, j'ai d'abord eu la tentation de refuser. Je dois être irréprochable si je veux briguer un poste de conseillère départementale ! Mais j'ai bien senti que j'étais ridicule de raisonner ainsi. Je ne me présente pas aux législatives, non plus ! C'est triste à dire, mais on est dans la Meuse, et à la vérité je n'intéresse pas grand monde. Alors, une inoffensive petite blague de potache… De toute manière, personne n'en saura rien, si ce n'est les deux principaux intéressés, qui sont l'un et l'autre trop gentils pour m'en tenir rigueur. Voilà ce que je me suis dit.

Depuis qu'elle anime les séances intergénérationnelles (quelle idée géniale j'ai eue là ! À moins que ce ne soit son idée ? Peu importe…), je croise Alice tous les vendredis en coup de vent, mais je n'ai jamais eu le loisir de la voir le jeudi. Je suis donc bien incapable de juger d'un éventuel attachement secret entre elle et Julien. En revanche, quand je passe voir papa le mardi, Chloé est toujours dans les parages et je me suis souvent fait la réflexion que Julien la regardait avec les yeux de Chimène pour Rodrigue (même si la comparaison fonctionnerait mieux dans l'autre sens…). Je m'étonne d'ailleurs que Jeanne et les autres ne l'aient pas remarqué. Ils sont trop sûrs de leurs théories pour ça. Dire que c'est papa qui leur a mis dans le crâne que Julien se consumait d'amour ! Je n'en reviens toujours pas !

J'ai bien essayé de faire valoir mon point de vue à Jeanne et aux autres, mais ils n'ont rien voulu savoir. Rien du tout. Ils n'ont pas accepté l'idée qu'ils pouvaient se tromper de cible. La meilleure manière de les détromper étant finalement de mettre leur plan à exécution, j'ai lancé les fameuses invitations.

Cher Julien [ou chère Alice],

Désireuse de tranquillement m'entretenir avec vous de l'évolution de l'état de santé de papa, je vous convie à dîner à la pizzeria La Sardaigne, samedi soir à 19 h 30. J'ai bien conscience de vous demander beaucoup en vous sollicitant en dehors de vos heures de travail, mais nous manquons tous tellement de temps dans la journée… Je comprendrais évidemment fort bien que vous décliniez mon invitation. Alice [ou Julien] et Chloé [je l'ai ajoutée pour plus de vraisemblance] sont également invité[e]s. Merci de me faire parvenir votre réponse au… bla-bla, bla-bla…

Nous sommes samedi soir et il est 20 h 30. Il y a une demi-heure, j'ai appelé Julien sur son portable pour lui dire que j'avais un empêchement. À l'heure qu'il est, soit il me hait, soit il me bénit. Dans le premier cas, les deux jeunes gens sont peut-être rentrés chez eux, chacun de leur côté – ce dont je doute, tant les pizzas de La Sardaigne sont succulentes, ce que personne n'ignore. Dans le deuxième cas, ils sont bien contents d'être débarrassés de moi et se déclarent enfin mutuellement leur flamme ! (À propos de flamme, celles qu'Alice a bien voulu jeter dans ses cheveux lui vont très bien, ce que Julien n'aura pas manqué de remarquer).

Alea jacta est, *comme on dit !*

Julien

C'est bien la première fois que j'éprouve le besoin d'écrire quoi que ce soit ! Quand Alice en a parlé, j'ai trouvé cette idée de journal vraiment très chouette. Pour les autres. Surtout pas pour moi ! Mais j'ai changé d'avis…

Ce soir, Mme le maire nous a posé un lapin. Et Chloé aussi. Ça m'a fait l'effet d'une douche froide. L'idée de passer la soirée avec elle me plaisait bien. Beaucoup, même. Je m'étais fait des films… Après cette entrée en matière sous le haut patronage de Mme le maire, je m'imaginais que provoquer un véritable tête-à-tête entre Chloé et moi serait un jeu d'enfant.

Alice est quelqu'un d'agréable et de posé. J'ai passé une très bonne soirée en sa compagnie, mais nous n'avons parlé que boulot, boulot et encore boulot. Enfin jusqu'au dessert, car là, je n'y tenais plus ! Je sais qu'elle est copine avec Chloé, alors je lui ai posé quelques questions sur elle. Ça fait deux ans que Chloé travaille chez nous, mais je ne l'avais jamais croisée avant cet automne, à peu près au moment où Alice est venue animer son atelier. Le hasard avait voulu que, jusqu'alors, Chloé n'intervienne à Saint-Mihiel que durant mes plages de repos. C'est dingue, quand on y pense !

Dès que je l'ai vue, j'ai su que c'était elle (pourvu que personne ne tombe jamais sur ce journal !). Le coup de foudre.

Comme celui de Georges et Élisabeth en leur temps. Un coup de foudre radical et définitif. Chloé était la gaieté personnifiée, un vrai rayon de soleil ! Et je me suis retrouvé comme un idiot, incapable d'aligner deux mots sensés en sa présence. De son côté, elle se montrait toujours amicale, mais sans plus. Alors, à quoi bon ?

Ce soir, tous mes espoirs ont été anéantis une fois pour toutes. Alice m'a raconté que Chloé vivait avec un médecin. Un médecin. Évidemment. Et moi qui ne suis qu'aide-soignant… Qu'est-ce que j'espérais ? Le jour de la mort de Germaine, j'avais entendu Alice parler d'un certain Vincent. J'aurais dû comprendre. J'aurais dû admettre que je n'avais aucune chance. Je ne me suis pas senti aussi ridicule et malheureux depuis que Barbara m'a largué en seconde pour se mettre avec Sylvain.

Ce médecin ne sait pas la chance qu'il a ! Il devrait la dorloter un peu plus. Depuis quelque temps, je trouve qu'elle n'a pas bonne mine. Alice met ça sur le compte de la disparition de Germaine, que Chloé aimait comme une grand-mère. Moi, il me semble que ça remonte à avant. Et ça m'inquiète.

Marie 2

Les Mirabelliers, le 24 mai

Quelque chose me turlupine depuis des semaines. Je trouve que la petite Chloé n'est pas bien du tout. Marthe prétend que c'est depuis la mort de Germaine. C'est vrai que sa disparition l'a ébranlée, mais j'avais observé que Chloé allait déjà mal avant ce funeste évènement. C'est bien beau de s'occuper d'Alice, mais ce n'est pas une raison pour négliger Chloé ! Elle aussi aurait besoin d'un coup de pouce, j'en ai l'intuition. Avec ou sans le Club des Quatre, je vais m'occuper de son cas, c'est décidé ! J'en ai assez de guetter le facteur avec Pierrot, dans l'attente d'une lettre d'Amérique qui ne viendra jamais.

Les Mirabelliers, le 26 mai

Hier, pendant ma séance avec Chloé, je lui ai enfin parlé. C'est que je suis plus hardie depuis que j'ai fouiné dans le bureau du directeur pour notre Alice Project *! Je n'ai pas eu à la titiller beaucoup. Elle a fondu en larmes et m'a tout avoué. Elle vivait avec un médecin qui l'a quittée le lendemain du* *mariage de Georges et Élisabeth. La pauvre petite a gardé ça pour elle pendant des semaines, parce qu'elle avait honte.*

Honte de quoi ? Je vous le demande ! On n'a jamais vu ça ! Du chagrin, d'accord. De la colère, d'accord. De l'amertume, sûrement. Mais de la honte ?

Je lui ai demandé de m'expliquer, et elle m'a fait cette extravagante réponse :

– S'il m'a abandonnée, c'est que je ne suis pas assez bien pour lui. Il m'a juré qu'il n'avait personne d'autre, mais je suis sûre qu'il veut être disponible pour quelqu'un qui en vaille vraiment la peine.

Je n'en suis pas revenue. J'aurais plutôt attendu ce genre de discours défaitiste de la part d'Alice.

Je n'avais jamais entendu un tel tissu de sornettes ! Je le lui ai dit, d'ailleurs. Avec son cœur d'or et sa bonne humeur, cette petite Chloé est une pépite ! À la fin de la séance, la pauvrette sanglotait à fendre l'âme, mais elle a trouvé la force de me sourire, et même de me remercier de l'avoir écoutée.

– Ce n'est vraiment pas professionnel ! m'a-t-elle dit.

Et alors ? Il faut parfois saisir la main qu'on nous tend ! Ça non plus, ce n'est pas une honte ! En tout cas, j'étais bien aise de lui avoir permis de vider son sac.

Il paraît que je suis la première à qui elle ait tout dit. Je me suis étonnée qu'elle n'en ait pas d'abord parlé à Alice. Elles semblent si bien s'entendre… Mais Chloé ne voulait pas déranger son amie. C'est qu'Alice est enfin souriante et détendue. Plus j'y pense, et plus je me dis que Chloé sous-estime Alice.

Elle l'a aidée à sortir de sa coquille. Je suis sûre qu'Alice aimerait lui rendre la pareille.

Enfin ! Tout n'est pas perdu. Chloé est entière, mais de nature elle est gaie, heureuse. Je crois donc fermement qu'on peut l'aider à recouvrer sa joie de vivre et je vais m'y employer. Il faut juste que je mette les rescapés du Club des Six au courant. C'est ce qu'aurait fait Germaine, me semble-t-il. Peut-être même aurait-elle de nouveau écrit à Juliette…

François

Je sais bien qu'ils pensent tous que je passe mon temps à roupiller. Ils se trompent, et pas qu'un peu… Je fais semblant de dormir, comme ça je peux écouter ce qu'on dit autour de moi sans avoir à me casser le tronc : pas la peine de prendre part à la conversation, de répondre à tout un tas de questions. Je ne me « réveille » que si j'ai quelque chose à dire. Un point, c'est tout.

Ma chambre donne sur la rue. Il y en a que ça incommoderait mais moi, ça me va bien. Quand je décide de garder les yeux ouverts, je peux tranquillement soulever le coin de mon rideau et zyeuter les passants.

Ce que j'ai vu l'autre soir était passionnant. Vers 21 h 15, Alice et Julien sont sortis de la pizzeria d'en face. Il faisait encore jour, alors j'ai pu les observer tout mon saoul. Ils avaient largement eu le temps de souper, mais on ne peut pas dire qu'ils s'étaient éternisés. Ils ont un peu papoté, et puis ils se sont fait la bise sur les deux joues. Je précise bien sur les joues. C'est clair qu'il ne s'agissait pas d'un baiser d'amoureux. Alice, qui d'ordinaire s'empourpre pour un oui ou pour un non, n'a montré aucun signe extérieur d'embarras ou de sensiblerie. Julien avait exactement le même air que quand il discute avec Lucien. Et ils sont partis chacun de leur côté.

Voici donc mes conclusions…

Alice n'en pince pas pour Julien.

Julien n'est pas amoureux d'Alice.

Mes collègues de l'atelier d'écriture (je rappelle que dans toute cette histoire je ne suis qu'un observateur passif, même si je me suis mis à écrire ce journal, ce que tout le monde ignore et ignorera toujours, évidemment) font fausse route depuis le début.

J'ai pitié d'eux, alors exceptionnellement, quand je les rejoindrai tout à l'heure, je ne vais pas « dormir ». Je vais tout leur raconter, et au passage, mes talents d'enquêteur leur en boucheront un coin (Derrick n'a qu'à bien se tenir, ils vont vite s'en apercevoir !). Je vais aussi rétablir la balance entre Georges et Élisabeth. On savait que dans le match « Qui dégotera un amoureux à Alice ? », Commercy affichait un zéro pointé. Grâce à moi, on sait maintenant que Saint-Mihiel non plus n'a pas marqué de point. Zéro à zéro, la balle au centre. Je suis déçu pour Alice et Julien, mais j'aime bien Georges. Je ne suis donc pas fâché de rabattre un peu le caquet de son Élisabeth ! Il a beau être amoureux, il ne doit pas se laisser marcher sur les pieds par sa bonne femme !

Emma

Saint-Mihiel, le 1er juin

Cher Journal,

Ma grande sœur Louise m'a prêté un super DVD qui s'appelle Emma, *comme moi ! Il est carrément TROP BIEN. La Emma du film a des robes MAGNIFIQUES ! Elle essaye de marier sa copine Harriet, mais ça ne marche pas. Même son amoureux à elle, elle a failli ne pas le voir alors qu'elle l'avait sous le nez depuis le début du film ! Elle est nulle !*

Ça m'a fait penser à Jeanne et Élisabeth, mes deux mamies préférées à Saint-Joseph. Elles essaient de mettre ensemble Alice (celle qui s'occupe de nous après l'école) et Julien (lui, il s'occupe seulement des personnes âgées). Elles croient être les plus malignes quand elles en parlent, mais Samira, Lilou et moi, nous connaissons leur plan depuis longtemps ! Apparemment, Alice avait rendez-vous avec Julien dans une pizzeria. Il s'est rien passé, et Jeanne et Élisabeth en sont déçues. Je les entendues le dire. Elles veulent prévenir les mirabelliers. Sans blague ! Elles parlent à des arbres ? C'est moi, ou elles perdent complètement la tête ? J'espère pas, parce que je les aime bien. Jeanne a aussi dit qu'elles devaient raconter que leur plan a raté à la fille de Lucien (lui, il perd la tête pour de vrai, le pauvre). Élisabeth a demandé si elle devait réécrire à Juliette. Qui est Juliette ? Quel rapport a-t-elle avec toute cette histoire ?

Le 5 juin

Cher Journal,

Quelle journée pourrie ! D'abord, Ronan ne veut plus sortir avec moi. Ensuite, Samira m'a traitée de « sale fille » et je ne sais même pas pourquoi. Elle m'a même rendu mon collier d'amitié. J'en ai tellement pleuré que la maîtresse m'a demandé si elle devait appeler mes parents. La honte !

Ensuite, il y a eu une CATASTROPHE ! Je t'ai emmené à l'école, car je voulais montrer les nouveaux autocollants Reine des neiges que j'ai collés sur ta couverture à Lilou. Mais je t'ai oublié. Je suis vraiment désolée. J'en ai encore pleuré. Mais c'est pas le pire ! Alice t'a retrouvé, et le problème, c'est qu'elle t'a lu. Je l'ai découvert quand elle m'a fait la morale :

– Ce n'est pas bien d'écouter ce que disent les grandes personnes.

Et elle ? Je lui ai dit que c'était mal de lire le journal INTIME des autres. J'ai été insolente, alors je me suis excusée. Alice s'est excusée aussi, et elle a tiré sur mes nattes en souriant.

Qu'est-ce que Alice va faire de tout ça ? Pourvu qu'elle ne dise pas à Jeanne et Élisabeth qu'elles sont démasquées ! Les deux mémés ne voudraient plus s'asseoir à côté de moi, et ça me ferait beaucoup de peine. En tous cas, moi, je n'ai jamais cru que Julien et Alice étaient amoureux. Si Jeanne et Élisabeth m'avaient posé la question, elles auraient gagné beaucoup de temps !

Alice 2

J'ai d'abord été en colère. Très en colère, même. Au nom de quoi Élisabeth et Jeanne seraient-elles autorisées à s'immiscer dans ma vie ? J'ai été moins surprise de l'implication de Mme le maire. Elle veut toujours tout régenter, tout contrôler ; son adhésion à cette comédie n'a pas dû être bien difficile à emporter ! Grâce à Samira, je savais déjà que Jeanne et Élisabeth nous verraient bien former un couple, Julien et moi. Mais de là à imaginer un stratagème pareil !

Maintenant que quelques jours sont passés et que j'ai pu tranquillement méditer tout cela, ma colère est retombée comme un soufflé. Je me sens même touchée. Il faut que Jeanne, Élisabeth et Mme le maire m'apprécient au moins un peu pour avoir ainsi embrassé de bénévoles carrières de marieuses. On ne se donne pas tant de mal pour quelqu'un qu'on n'aime pas. En somme, toute cette histoire fait du bien à mon ego. L'autre jour, j'ai eu une grosse dispute avec papa quand il m'a avoué m'avoir inscrite sur Meetic, « histoire d'avoir un jour des petits-enfants ». Quand je dis « dispute », c'est un gentil euphémisme… Il faut plutôt comprendre que j'étais dans une rage folle ! Ça fait dix jours que je ne lui parle plus. Mais c'est fini : demain, je vais passer à la maison pour me réconcilier avec lui. Il peut remercier Jeanne et Élisabeth ! Je ne peux décemment pas leur pardonner à elles, et pas à lui ! S'il n'a pas encore fermé « mon » compte Meetic comme je le lui ai demandé, il faudra que j'aille y faire un tour. Je suis curieuse de lire le profil qu'il m'a fabriqué. Comment me voit-il ? Comment croit-il que je me vois ?

Une chose est certaine, eux me voient comme une pauvre fille esseulée en mal d'amour. Je dois dire que c'est peu reluisant… Moi qui avais l'impression de me sentir beaucoup mieux, d'aller enfin de l'avant, je ne pensais pas renvoyer une telle image de désolation !

En tout cas, me voilà contrainte à une petite séance d'introspection. Ni mes vieilles amies ni mes parents ne m'ont consultée. Ils ont cru savoir ce qui était bon pour moi sans même me demander mon avis. Suis-je d'un abord si difficile ? J'ai causé tellement de souci à tout le monde quand j'étais au chômage. Il aurait vraiment été égoïste de ma part de m'épancher sur l'état de mon cœur par-dessus le marché !

En la matière, je ne sais même pas moi-même ce que je veux… En revanche, s'il y a bien quelque chose que toute cette agitation m'a apprise, c'est que je n'éprouve rien pour Julien. Il est séduisant, dévoué, sympa… et tout ce qu'on voudra, mais il ne me fait pas et ne me fera jamais le même effet qu'Antoine.

J'ai cru si longtemps vouloir Antoine… Que se serait-il passé si j'avais fait plus que le saluer chaque jour en descendant ma poubelle ou en rentrant de la fac ? Que se serait-il passé si j'avais osé le complimenter sur sa musique ? Si j'avais eu l'audace de lui proposer quelques duos. Au conservatoire, on m'a toujours dit que j'avais un excellent niveau. Je n'aurais sans doute pas été ridicule… Mais durant toutes ces années, il m'a entendue jouer, lui aussi… Lui aussi aurait pu faire le premier pas… Il faut croire que je ne l'intéressais pas. À moins qu'il ne souffre d'une timidité et d'un manque de confiance en lui aussi paroxystiques que moi, ce qui est plus qu'improbable.

Reste la question de Commercy. Emma a écrit dans son journal que Jeanne et Élisabeth devaient « prévenir les mirabelliers ». Il s'agit de Commercy, j'en mettrais ma main à couper. C'est donc qu'ils étaient tous de mèche… Par le truchement de Georges et d'Élisabeth, évidemment. Il faut absolument que j'en aie le cœur net. Dieu sait ce qu'ils ont pu manigancer d'autre…

Il faut croire que mes petits vieux n'avaient pas besoin de mon atelier pour fourmiller d'idées saugrenues !

SEPTIÈME PARTIE

Variations sur le thème « oser »

Sénèque

– L'autre jour, commença Alice, à peine juchée sur son habituel coin de table, je suis tombée sur une citation de Sénèque qui m'a donné matière à réflexion. Et comme vous n'êtes jamais bien éloignés de mes pensées, je me suis dit que je pourrais peut-être la partager avec vous. Du coup, vous allez avoir le droit de plancher sur un nouveau sujet… Un peu ardu, je vous préviens…

– Plancher ? Ardu ? glapit Pierre. Je crois bien ne plus avoir entendu ces mots depuis mon baccalauréat ! Car j'ai mon baccalauréat, moi, mademoiselle ! Je suis sûr que ça vous en bouche un coin !

– Je croyais qu'on venait ici pour se divertir en écrivant, se plaignit faiblement Marie, que l'adjectif « ardu » effrayait.

Alice ne releva pas la désarmante fanfaronnade de Pierre – elle n'avait jamais douté qu'il fût cultivé. Elle se contenta de déclarer avec malice :

– Je suis sincèrement ravie que mon atelier ait jusqu'ici été perçu comme un moment créatif ET récréatif. Mais n'oubliez pas que son intitulé originel était simplement l'« atelier d'écriture ».

Elle regarda un à un chacun des chers visages de son petit groupe d'habitués de Commercy, et s'en voulut d'avoir aussi maladroitement introduit son atelier. Mais il n'était plus temps de reculer. Elle sauta vivement sur ses pieds pour aller se camper devant un tableau de conférence qui trônait depuis toujours dans un coin de la salle, mais qu'elle n'utilisait d'ordinaire jamais.

Elle décapuchonna un gros feutre noir et écrivit en lettres capitales sur la première des grandes feuilles beige jaunâtre du tableau.

CE N'EST PAS PARCE QUE LES CHOSES SONT DIFFICILES QUE NOUS N'OSONS PAS LES FAIRE, C'EST PARCE QUE NOUS N'OSONS PAS QU'ELLES SONT DIFFICILES.

SÉNÈQUE

– Voilà. J'avais envie de savoir ce que cela vous inspire. De manière générale ou de manière plus intime. Relativement à votre expérience de la vie, à votre passé. Ou bien relativement à votre présent. Comme l'a dit Pierre, on n'est plus à l'école. Vous êtes libres de présenter les choses comme vous l'entendez. Et si cela ne vous dit rien, tant pis… Il n'y a pas de sotte, de bonne ou de mauvaise réponse ! Évidemment, si j'ai été trop ambitieuse, je tiens à…

– Ma petite Alice, la coupa Suzanne avec gentillesse, vous n'allez pas recommencer à vous excuser, à vous justifier… Affirmez-vous ! Vous êtes la responsable de cet atelier ! Si vous avez décidé que Sénèque était bon pour nos vieilles méninges, alors allons-y ! Pas la peine de vous embarrasser de « si » ou de « tant pis » et de vous juger « trop ceci » ou « pas assez cela » ! Nous trouverons bien quelque chose à écrire ou à dire ! Faites-vous confiance, et faites-nous confiance par la même occasion ! Oser, ça commence par là…

Margot

Cette citation de Sénèque éveille en moi une intense angoisse rétrospective, ainsi qu'un immense regret.

D'aussi loin que je me souvienne, j'ai toujours lu, appris et écrit de la poésie. J'étais libraire à Nancy, pas très loin du cours Léopold. C'est comme cela que j'ai rencontré Margot. J'avais 30 ans, et le nez toujours fourré dans mes bouquins. Elle était étudiante en lettres et n'avait que 18 ans. Douze ans nous séparaient. Un gouffre pour moi, un détail pour elle. Je fus bientôt son fournisseur officiel en classiques de la littérature française, grecque et latine. Elle était issue d'une famille bourgeoise de Commercy. L'argent n'était pas un problème pour elle. Quand ses camarades fréquentaient assidûment la bibliothèque, elle, elle courait jusqu'à ma boutique pour acheter tous les livres dont elle avait besoin dans les éditions les plus prestigieuses. Sénèque faisait partie du lot. C'était une bonne cliente. À la vérité, c'était beaucoup plus que cela…

Elle venait faire ses emplettes tous les quinze jours, le jeudi vers 16 heures. Mon cœur battait immanquablement plus fort quand le carillon de la librairie tintinnabulait à cette heure ce jour-là. Margot entrait en souriant, de ses lèvres joliment peintes en rouge mais jamais vulgaires. Elle portait toujours de ces robes évasées avec un jupon volumineux, à la mode dans les années cinquante. Même moi, qui passais le plus clair de mon temps terré au fond de mon arrière-boutique, je voyais qu'elle avait au moins une mode de retard. Mais il faut croire que c'était son style, et elle le portait si bien que dans ma tête je défiais chevaleresquement quiconque de railler ses robes corolles un brin désuètes. Je crois avoir écrit un poème sur chacune de ses singulières toilettes. Et comme elle en avait beaucoup, cela a vite représenté un recueil de poésie tout entier… Je la dévorais des yeux aussi sûrement que je dévorais chacun des livres que je recevais. Elle, elle semblait complètement indifférente. Je tentai pourtant sur moi quelques maladroites améliorations vestimentaires, dans le futile espoir qu'elle me remarquerait.

Vers le milieu de l'année universitaire, je commençai à lui suggérer des lectures plus contemporaines. De la poésie, surtout – on ne se refait pas ! Je me rappelle le jour où je lui conseillai La Parole en Archipel, *de René Char. Mon tout premier conseil à Margot.*

– Je le lirai dès ce soir, me dit-elle simplement en me tendant un billet.

Elle tint parole. Le lendemain, elle se tenait devant moi.

« L'aiguille scintillait,
Et je sentais le fil
Dans le trésor des doigts
Qui brodaient la batiste »,
récita-t-elle.

– Ça me rappelle ma grand-mère, déclara-t-elle ensuite.

À partir de ce jeudi-là, elle vint tous les jours pour parler de ses lectures, pour m'écouter parler des miennes. Je me désespérais d'être si vieux, moi qui la voyais si primesautière malgré le sérieux de ses études. Heureusement pour nous, par un après-midi de juin incongrument venteux, elle osa. Elle m'invita à boire un chocolat (un chocolat chaud, oui…) de l'autre côté du cours. Heureusement pour nous, moi aussi j'osai. J'acceptai en m'efforçant d'oublier mon âge. Ce fut beaucoup plus facile que je l'avais imaginé. Il me suffit de me faire humble face à mes sentiments. Je ne m'en repentis jamais.

Alors… Suis-je pour autant un sage ? Pas si sûr… Les dizaines de poèmes que j'écrivis en l'honneur de Margot, jamais je ne les lui montrai. Jamais je n'osai. Et maintenant que, plus que jamais, je suis le plus vieux de nous deux, je ne peux chérir le souvenir de son visage empourpré à l'écoute des centaines d'archipels de mots que jamais je ne lui dis.

– Si Germaine était là, dit Pierre pour chasser son émotion, je pourrais conclure en jurant que tout ce que je viens de vous lire est la vérité. Oser est un facilitateur de bonheur. Et je n'ai pas eu besoin de Sénèque pour m'en rendre compte.

– N'as-tu jamais envisagé de publier tes poèmes à Margot ? demanda Suzanne.

– Pour quoi faire ?

– Pour lui rendre hommage…

– À quoi bon ? Elle n'est plus là. Et de toute façon, elle n'a jamais couru après les honneurs. Elle n'était pas vaniteuse pour deux sous ! Mais elle était intelligente, et si cultivée… De son vivant, j'aurais préféré mourir que déchoir dans son estime en lui soumettant des vers médiocres… Je ne vois plus les choses sous cet angle maintenant, mais il est trop tard…

– Pas si sûr… souffla Suzanne. Il suffit que tu aies conservé tes poèmes… Je suis certaine qu'Alice saurait s'y prendre pour les rendre immortels. Il suffirait que tu oses les lui confier, puisque ce verbe est à l'honneur aujourd'hui.

Mais Alice n'écoutait pas, perdue qu'elle était dans ses pensées, lesquelles, inexorablement, la ramenaient vers Antoine.

Betty

– Je ne suis pas aussi savante que Pierre et sa Margot, pour ça, non ! dit Marthe en guise d'introduction. Mais moi aussi j'ai été inspirée par ta phrase, ma petite Alice. Et j'ai décidé de raconter un épisode incroyable de ma jeunesse. Si ce jour-là j'avais osé, ma vie en aurait été radicalement changée ! Je me console en me disant que ça n'aurait pas forcément été pour le meilleur…

Marthe rajusta ses lunettes et lut…

C'était en mai 1968, le mois de la révolution. Je me souviens encore que ma sœur avait pris le car pour aller à Domrémy, prier Jeanne la Pucelle de sauver la France de l'anarchie. Ils étaient des centaines comme elle. Moi, je m'en fichais complètement. Mon petit salon de coiffure de Verdun marchait du tonnerre, c'était tout ce qui comptait.

Ce jour-là, une belle jeune femme poussa la porte de mon salon. Elle portait une robe courte très bariolée (qui irait très bien à notre Chloé), et un fichu assorti. Je me souviens de ses lunettes de soleil, aussi… Splendides ! Elle avait à peu près mon âge et voulait « changer de tête » avant de repartir en Amérique. Voilà ce qu'elle me dit avec un accent très prononcé en ajoutant que j'avais « carte blanche ». Je lui fis grosso modo la tête de Sylvie Vartan à l'époque. Quand j'y pense, c'était drôlement osé de ma part ! Elle était entrée dans mon salon avec les cheveux bruns. Elle en ressortit blonde comme les blés. Elle discuta avec moi durant toute la séance (qui fut très longue !). J'appris qu'elle venait du Massachusetts et qu'elle avait décroché une bourse pour venir étudier l'histoire en France. Elle séjournait à Verdun, car elle souhaitait marcher dans les pas de miss je-ne-sais-plus-quoi, qui avait vécu dans la Meuse et était originaire de la même ville américaine qu'elle. Malgré toutes nos différences (et elles étaient nombreuses, comme vous pouvez vous en douter !), nous étions sur la même longueur d'onde, comme on dit. Sa coiffure l'enchanta. Elle m'invita à prendre un pot le soir même. Lorsque je suis arrivée au rendez-vous, elle me présenta son frère qui avait fait le voyage depuis l'Amérique avec elle. Il n'était pas très beau mais avait beaucoup de classe. Nous nous sommes vus tous les trois tous les soirs pendant deux semaines. Je crois pouvoir dire qu'une solide amitié était née. La veille de leur départ, Betty – j'ai oublié de préciser qu'elle s'appelait Betty Taylor – m'invita à les suivre en Amérique. Bob insista beaucoup, lui aussi. Ils savaient qu'en dehors de ma sœur je n'avais pas de famille. Ils pouvaient me payer le billet d'avion. Betty était sûre que je ferais un tabac comme coiffeuse dans son pays où tout ce qui était authentiquement français était si chic (surtout depuis Jackie Kennedy). Je fus très excitée par cette proposition. Très tentée. Mais c'était trop pour moi. Trop radical, trop rapide, trop loin, trop difficile à mes yeux… J'ai donc décliné cette extraordinaire proposition.

Nous nous sommes écrit durant plus de quinze ans. En français. Je n'avais pas le talent de Germaine pour les langues et il faut reconnaître que je ne fis aucun effort. Betty renouvelait régulièrement son invitation. D'après elle, je devais venir m'installer dans son pays. Bob m'écrivait aussi et je me prenais à rêver à ce que serait ma vie si je l'épousais. Mais je n'étais pas amoureuse de lui, alors… Je pensais avoir été raisonnable en ne m'engageant pas dans ce projet complètement fou. Mais parfois, je m'interroge. Si j'avais osé, à l'époque… Si j'avais traversé l'Atlantique, quelle aurait été ma vie ? Au côté de Bob ou d'un autre. J'y ai beaucoup pensé après mon divorce. Mais une fois débarrassée pour de bon du mari que j'avais eu la trop grande légèreté de prendre un an à peine après le départ de Bob, je me suis très bien accommodée de mon célibat. Mieux vaut être seule que mal accompagnée, n'est-ce pas ? Surtout si c'est à l'autre bout du monde… J'ai eu une vie très heureuse, alors je suppose que je n'ai aucun regret à avoir.

Les membres de l'atelier écoutèrent Marthe dans un silence religieux. À la mention de miss je-ne-sais-plus-qui, Suzanne s'agita sur sa chaise roulante, ce que personne ne sembla remarquer. Elle pensa au Journal de sa mère – celui qu'elle avait résolu de confier à Alice – et ne fut plus très attentive à la suite du récit de son amie. Ce fut Pierre qui rompit le premier le silence.

– C'est marrant que tu ne nous aies pas raconté cette histoire d'Amérique quand Germaine a écrit à Jude pour retrouver Antoine, dit-il.

Marthe foudroya Pierre du regard en lui désignant rageusement Alice du menton. Heureusement, cette dernière, qui s'était assise au fond de la salle, n'avait pas entendu. Mais elle avait vu le virulent coup de menton que Marthe avait donné dans sa direction. Intriguée, elle s'approcha de Pierre et, enhardie par toutes ces histoires « d'oser » qu'elle avait elle-même mises sur le tapis, elle remarqua :

– Vous savez que vous avez l'air de deux comploteurs ? Je me demande bien de quoi vous parliez…

Marthe eut la présence d'esprit de répondre par une autre question :

– Vous saviez que Germaine était à moitié américaine ?

– Non, répliqua Alice. Était-ce supposé être un secret pour moi ?

– Pourquoi croyez-vous cela, chère petite ? demanda ingénument Marie, qui se tenait non loin de là.

Alice ne capitula pas.

– J'ai bien vu que Marthe ne voulait pas que Pierre parle *devant moi* ! répliqua-t-elle.

– N'importe quoi, très chère ! se défendit l'ancienne coiffeuse. Vous vous faites des idées ! C'est d'ailleurs très étonnant, venant de vous !

Cette fois, Alice lâcha l'affaire. L'air coupable de Pierre était bien plus éloquent que les dénégations faussement outragées de Marthe. Persuadée que Germaine n'avait rien à voir là-dedans, la jeune animatrice aurait donné cher pour en savoir plus. Elle se promit que, d'une manière ou d'une autre, son heure viendrait.

Foi

Quand Alice avait soumis la citation de Sénèque aux pensionnaires de la Maison Saint-Joseph, Lucien était resté muet comme une tombe. Il n'avait rien dit et rien dicté à Julien, qui s'était donc consacré à Jeanne. Alice n'avait pas eu le cœur de le pousser à réfléchir. Elle connaissait trop mal le genre de démence dont il était atteint pour mesurer à quel point son cerveau embrumé pouvait ou non être réceptif à pareil exercice. Incapable de se mettre à sa place, elle n'avait pas soupçonné que le vieux monsieur avait passé l'après-midi à ressasser le verbe « oser » qu'elle avait entouré sur le tableau.

Le fruit des ruminations secrètes de Lucien était le suivant : « Je n'ai pas peur de me casser la jambe de nouveau. J'ose reprendre ma route, c'est facile. J'ose retourner sur le chemin, c'est simple comme bonjour. » Ses pensées étaient insoupçonnées. Insoupçonnables.

Ce soir-là, Lucien attendit avec impatience que Julien vienne débarrasser sa tasse de tisane. Il souhaita bonne nuit au jeune soignant dont le service prenait fin à 20 heures et fit mine de se mettre au lit. Dès que les lumières du couloir furent remplacées par les veilleuses, il prit sa valise dans son armoire et y mit pêle-mêle quelques vêtements avant de la cacher sous son lit. Il sortit ses petits trésors de sa table de nuit et les glissa dans les poches de sa veste, où se trouvait déjà le portefeuille qu'il avait dérobé à sa fille. Il garda en main un objet, un seul. Son pense-bête. Quand il se réveilla, le lendemain matin, l'objet était toujours là, dans son poing serré. Il le contempla longuement en souriant. Il s'y voyait déjà.

La suite fut facile, mais il n'en avait jamais douté. Il osait, il avait la foi. Sur les coups de 9 heures, en ce beau lundi matin de juin, il demanda la permission d'aller profiter du jardin. L'infirmière qui s'occupait de lui tenta de le dissuader de porter son veston – il faisait déjà chaud, il n'y avait pas un poil de vent et le jardin était exposé à l'est –, mais il insista pour le garder. Elle l'accompagna dehors, l'installa sur son banc favori, celui qu'enveloppait la cascade des branches d'un saule pleureur, et rentra s'occuper des pensionnaires du premier étage. La grille de la Maison Saint-Joseph n'était pas loin. Elle était entrouverte. Lucien fugua.

Espérance

Il était un peu plus de 10 heures quand Mme le maire fit une tonitruante entrée à Saint-Joseph.

– Comment avez-vous pu laisser filer papa ! hurla-t-elle. Je vous préviens que si on ne le retrouve pas dans l'heure, je porte plainte et fais fermer cette maison ! C'est que j'ai le bras long, moi… Ça ne se passera pas comme ça !

Le directeur de Saint-Joseph était dans tous ses états. Il portait la responsabilité d'une négligence gravissime, et il le savait. Lucien était resté sans surveillance durant au bas mot une demi-heure. S'il avait pris la poudre d'escampette dès que l'infirmière avait eu le dos tourné, cela faisait déjà une heure qu'il divaguait.

– Il n'a pas pu aller bien loin, Mme le maire, nous passons les rues alentour au peigne fin… Nous allons forcément le retrouver, assurait faiblement le directeur.

– Et la gendarmerie, hein, la gendarmerie ? Vous l'avez appelée, j'espère !

– Pas encore… Nous espérions régler cet incident en interne.

– Un incident ? Un incident ! Non, mais je rêve ! s'étrangla la première magistrate en dégainant son portable pour composer le 17. Vous êtes complètement irresponsable !

Et elle s'affala sur une chaise, comme vidée de toute énergie.

Un quart d'heure plus tard, la gendarmerie était là pour constater que le directeur était totalement dépassé et Mme le maire totalement désespérée. Tout fut repris depuis le début : le profil de Lucien (85 ans, très diminué sur le plan cognitif – la mémoire immédiate, surtout –, mais des capacités motrices relativement bien préservées), les circonstances de sa disparition (on déterminerait la chaîne des manquements et des culpabilités plus tard), ses motivations.

– C'est là qu'est le hic, soupira le directeur.

– C'est là qu'est le hic, répéta Mme le maire d'une voix atone.

– Mais vous devez bien savoir si une personne atteinte d'une espèce d'Alzheimer est capable de planifier une fugue, s'énerva l'adjudant-chef. Elle en est capable, oui ou non ?

– Oui, intervint la pauvre infirmière qui pleurait autant que le saule sous lequel elle avait abandonné Lucien. En général, ces personnes veulent retrouver les lieux de leur jeunesse, de leur enfance. Elles veulent rentrer chez elles, en somme…

– Vous ne pouviez pas le dire plus tôt ! rugit le gendarme.

Pour toute réponse, les pleurs de la pauvre femme redoublèrent. Mme le maire avait repris du poil de la bête. Pleine d'espoir, elle se leva.

– Alors en route, messieurs. Direction Heudicourt. C'est là que papa a grandi. Il a dû se mettre en quête d'un car… Ou d'un taxi ? Pourvu qu'il n'ait pas fait d'auto-stop ! On ne sait jamais sur quel pervers on peut tomber !

– Nous devrions peut-être explorer d'autres pistes en même temps, risqua le directeur qui semblait également reprendre ses esprits. Lucien est très désorienté sur le plan spatial… Je doute qu'il trouve facilement le chemin d'Heudicourt… Je doute encore plus qu'il puisse quitter la ville…

– Ah ! Vous vous réveillez enfin, vous ! cracha l'édile que la réflexion du directeur sur leurs maigres chances de succès en suivant la piste Heudicourt ne semblait pas démonter.

– On va appeler l'hôpital et tous les médecins… Quelqu'un l'a peut-être trouvé et emmené se faire soigner, intervint l'adjudant-chef.

– On pourrait aussi appeler Julien, renifla l'infirmière qui, à l'instar des autres, recouvrait peu à peu son sang-froid. C'est lui qui le connaît le mieux, ici. Il aura peut-être une idée.

– Eh bien voilà ! approuva Mme le maire, dont la nature foncièrement optimiste reprenait le dessus. Si avec tout ça on n'y arrive pas !

Pendant que Mme le maire et les gendarmes cherchaient quelles rues et quel moyen de locomotion Lucien avait pu emprunter pour sortir de Saint-Mihiel, Julien, qui habitait à un pâté de maison de Saint-Joseph et avait accouru sitôt prévenu, constatait son impuissance. Il n'avait aucune idée. Aucune. Et il enrageait de ne rien pouvoir faire.

– Alice ! finit-il pourtant par s'exclamer. Alice a passé beaucoup de temps avec Lucien dernièrement, et je crois qu'il lui a confié quelques petits secrets. Je l'appelle immédiatement.

Charité

– Julien ? Quel Julien ? demanda Alice qui s'attendait à tout sauf à un appel du jeune homme.

– Julien de Saint-Joseph, s'énerva le soignant.

– Oh ! Oui, bien sûr…

Alice pensa instantanément au journal d'Emma et aux manœuvres que ses vieux amis avaient conduites pour la rapprocher de lui. Elle aurait dû reconnaître Julien, mais sa voix grave ne sonnait pas comme d'habitude. Elle eut un mauvais pressentiment.

– Que se passe-t-il ? demanda-t-elle d'une voix sourde en repensant au jour où Chloé lui avait appris la mort de Germaine.

– C'est Lucien…

– Oh ! Mon Dieu, non !

– Non, non, ce n'est pas ce que tu crois… l'interrompit vivement Julien.

– Alors quoi ? le pressa Alice.

– Il a fugué. Ça fait déjà au moins deux heures, et personne ne sait où il a pu se sauver. Tu es notre dernier espoir.

– Moi ?

– Tu es allée avec lui dans sa chambre, l'autre jour. Vous aviez l'air de deux conspirateurs…

Alice ne disait rien. Elle avait l'impression d'entendre ses neurones s'entrechoquer, tant elle réfléchissait intensément.

– Va dans la chambre de Lucien, ordonna-t-elle soudain à Julien avec une assurance toute neuve.

– Ça y est, j'y suis…

– Regarde dans le tiroir de sa table de nuit. Il y a une coquille Saint-Jacques ? Un porte-clés représentant saint Christophe ?

– Rien de tout ça… répondit Julien, qui ne voyait pas où elle voulait en venir mais sentait qu'il devait lui faire confiance.

– C'est pas vrai ! murmura Alice. Il a osé… Pour de bon ! Ses habits sont dans son placard ? continua-t-elle à l'adresse de Julien.

– Pas tous, il me semble, dit Julien qui s'était mis à retourner la pièce. Mince, alors ! Il a fait sa valise et l'a mise sous son lit !

– Il a dû l'oublier… dit Alice. Mais la coquille n'est plus là… C'est tout ce que j'avais besoin de savoir. Maintenant, dis aux gendarmes d'aller à la gare de Saint-Mihiel, intima-t-elle tout en pianotant frénétiquement sur son clavier d'ordinateur. Ils doivent mener l'enquête là-bas. Moi, je file à la gare Meuse TGV. Je devrais en avoir pour trois quarts d'heure.

C'est trop long à t'expliquer, mais je sais ce que je fais. On reste en contact.

Et elle raccrocha sans laisser le temps à Julien de la questionner plus avant. Elle devait faire vite. Elle enfila sa robe à la hâte, tout en pestant contre elle-même : quelle manie elle avait de toujours traîner en pyjama ! Elle était pourtant debout depuis six heures du matin, à relire pour la énième fois *Le Grand Meaulnes*. Elle venait de voir sur Internet qu'un car était parti à 10 h 25 de la gare de Saint-Mihiel en direction de celle, perdue dans la cambrousse, qui reliait la Meuse à Paris grâce au TGV. Elle avait l'intuition que Lucien s'y trouvait. Elle se revoyait écrire « Paris » au dos du collage de Lucie. Le vieil homme avait juré de retourner à La Charité. La Charité-sur-Loire *via* Paris. Car grâce à elle, il connaissait la première étape ferroviaire du périple qu'il rêvait d'accomplir pour reprendre le fil de sa vie là où il l'avait « mnésiquement » laissé. Une manière de se créer un futur en plongeant dans ce qu'il restait de ses souvenirs.

Saint Christophe

Alice poussa un soupir de soulagement. Lucien était là où elle espérait le trouver, à la gare TGV perdue en pleine campagne meusienne, d'où il comptait partir pour Paris. Qu'il soit arrivé jusque-là tenait du miracle. Mais il fallait croire que sa foi avait déplacé des montagnes… Le cœur d'Alice se serra quand elle le vit si seul, désorienté, ratatiné sur son banc. Elle plaqua sur ses lèvres un sourire de commande et se composa une attitude aussi enjouée que possible avant de s'approcher de lui.

– Alors, Lucien ? Vous alliez partir sans moi ?

– Marguerite ? C'est toi ? Tu veux venir à Compostelle avec moi ? Ça pour une surprise, c'est une sacrément bonne surprise ! s'exclama-t-il, ravi.

Alice sentit que le vieil homme était plus déboussolé que jamais. La priorité était de le ramener à Saint-Mihiel. Elle ne tenta donc pas de le détromper sur son identité.

– Tu as oublié ta valise, je crois bien, Lucien, remarqua-t-elle en essayant de se mettre à la place de sa grand-mère. Et ton bâton de pèlerin, bien sûr ! Et tu as vu tes chaussures ? Jamais tu ne tiendras la distance avec ça aux pieds !

Lucien tira son porte-clés à l'effigie de saint Christophe de sa poche.

– Regarde comme saint Christophe porte le petit Jésus sur son dos, Marguerite ! Il fera pareil avec moi. Pas besoin de bâton ou de bonnes chaussures ! Je ne me fais pas de mouron ! Ce coup-ci, j'y arriverai.

Alice sentit le découragement l'envahir. Elle ne s'attendait vraiment pas à ça ! Elle n'était pas de taille à lutter contre la foi aussi primitive qu'inébranlable de Lucien. Elle réfléchissait à toute vitesse. Bientôt, elle le savait, les gendarmes arriveraient. Peut-être aussi le Samu. Lucien allait être transféré Dieu sait où. Dans un hôpital psychiatrique, qui sait ? Elle ne disposait que de peu de temps pour le ramener à la raison, puis à la maison. Avec elle, en douceur. Il serait bien temps d'envisager son avenir plus tard, à tête reposée.

– Oui, mais ce n'est pas saint Christophe qui te donnera des vêtements de rechange ! objecta-t-elle. Nous devons retourner chercher ta valise. Et la mienne aussi, d'ailleurs, je l'ai oubliée à Heudicourt.

– Tu crois ? demanda Lucien, que la mention de son village natal semblait rassurer.

– J'en suis certaine ! s'empressa de répondre Alice qui sentait que les choses tournaient enfin à son avantage. Saint Christophe est trop occupé avec le Petit Jésus pour aller nous chercher nos valises. J'ai ma voiture, Lucien… On n'en a pas pour longtemps.

– Tu as le permis de conduire, Marguerite ? Je ne savais pas ! C'est vraiment épatant, ça ! On pourrait peut-être aller à la Charité avec ta voiture ? Qu'en dis-tu ?

– Je vais y penser, répondit évasivement Alice en aidant le vieil homme à monter dans sa Twingo. Pourquoi pas…

Lucien s'endormit presque aussitôt. Alice en profita pour s'engager dans un chemin de champ où elle s'arrêta pour téléphoner à Julien. Elle lui demanda de prévenir les gendarmes que le fugueur était retrouvé sain et sauf. Elle arrivait. Tout allait s'arranger. En remettant le contact, toutefois, elle se prit à en douter. Qu'allait-il advenir de Lucien ? Elle pressentait qu'on ne le laisserait jamais rester à Saint-Joseph. Mais ce qui lui causait le plus de chagrin, c'était le ressentiment que le vieux monsieur n'allait pas manquer de concevoir. Pourrait-il pardonner à Alice-Marguerite ? Sûrement, puisqu'il allait tout oublier. Mais ce serait tellement triste pour elle de devoir son pardon à la maladie de Lucien plutôt qu'à sa volonté.

Quand la Twingo s'arrêta devant le perron de la Maison Saint-Joseph, Lucien se réveilla en sursaut. Il regarda tour à tour son porte-clés de Saint-Christophe et sa coquille Saint-Jacques. Il comprit et fondit en larmes comme un enfant. Alice en fut complètement retournée et sut gré à Julien – qui venait d'ouvrir la portière de Lucien – de prendre les choses en main.

Trop absorbée par sa peine, elle ne remarqua pas le regard admiratif et reconnaissant que lui lança le jeune homme. Elle entendit à peine les remerciements empressés et soulagés du directeur. Ce fut l'arrivée des gendarmes qui la tira de la torpeur dans laquelle toute cette aventure l'avait plongée.

– Alice ! s'écria Mme le maire en laissant claquer derrière elle la porte de la camionnette de gendarmerie. Chère Alice, je ne vous remercierai jamais assez ! Où est papa ?

– À l'intérieur. Julien s'occupe de lui, répondit Alice d'une voix faible, par avance fatiguée par les questions que les gendarmes n'allaient pas manquer de lui poser et par le scandale que Mme le maire allait sans aucun doute provoquer.

Mais sur ce dernier point, elle se trompait. La fille de Lucien venait de s'arrêter devant le directeur de la maison de retraite, qui était toujours planté sur le perron, l'air plus pitoyable que jamais. Déjà, il courbait une échine résignée, prêt à essuyer le légitime courroux de Mme le maire. Contre toute attente, elle se contenta toutefois de lui tendre la main et de faire cette incroyable déclaration :

– Je vous dois des excuses, monsieur. Vous m'aviez prévenue depuis le début que votre établissement n'était pas adapté pour un patient aussi diminué que papa. Tout est ma faute. J'ai fait des pieds et des mains pour que vous l'accueilliez. J'ai ignoré vos avertissements. J'ai passé outre votre désapprobation. Pire, j'ai profité de ma position pour faire pression sur vous et vous imposer mes vues…

Ici, sa voix se brisa tandis que des larmes coupables venaient éroder son fond de teint et raviner son rouge à lèvres.

– Je sais que ce n'est pas une excuse… Mais vous comprenez, je voulais l'avoir près de moi, à deux pas de la mairie… C'était tellement pratique… Tellement rassurant… Je vais aller l'embrasser, et puis nous discuterons de ce qui est le mieux pour lui… Quant à votre établissement, il va sans dire que je n'entreprendrai aucune démarche qui puisse lui porter préjudice. Je commencerai par faire en sorte que cette histoire ne s'ébruite pas dans la presse. Vous m'y aiderez, n'est-ce pas ?

Le directeur se contenta de hocher gravement la tête en étreignant avec émotion les mains que la fille de son pensionnaire lui abandonnait en sanglotant.

Michela 2

– Alors ? C'est vrai ce que m'a raconté Georges au téléphone ? questionna Pierre. Lucien s'est sauvé ?

– Oui. Mais nous l'avons retrouvé assez rapidement, il va bien. Il voulait continuer un pèlerinage qu'il avait commencé il y a soixante ans ! C'est comme si, pour lui, la vie s'était arrêtée en 1950. C'est étrange et un peu effrayant… commenta Alice.

– Comment a-t-il pris le fait que vous brisiez son rêve ? demanda Suzanne.

Alice sentit sa gorge se nouer en repensant au vieil homme qui sanglotait sur le siège de sa voiture.

– Il pleurait comme un enfant… dit-elle, les larmes aux yeux.

– Allons, ma chère petite, la consola Marthe, vous n'aviez pas le choix. Il lui serait arrivé malheur si vous ne l'aviez pas retrouvé. Nul ne peut rien contre une maladie comme la sienne…

Ici, Pierre intervint d'une voix bourrue :

– Nous n'en avions pas terminé avec Sénèque, rappela-t-il. Nous n'avions pas fini notre tour de table.

Alice s'essuya les yeux, heureuse que son vieil ami ait recentré le petit groupe sur l'atelier du jour.

– Qui veut prendre la parole ? demanda-t-elle. La semaine dernière, j'ai pu aider chacun à peaufiner son texte… Il n'y a que vous, Marie, que je n'aie ni lue ni entendue.

Le chignon de Marie tremblota alors aussi fort que le jour où elle était entrée en douce dans le bureau du directeur.

Elle regarda ses amis. Pierre hocha imperceptiblement la tête, Suzanne et Marthe lui adressèrent un sourire d'encouragement.

Alors, bravement, Marie inspira un grand coup et déclara :

– Chère Alice, pour moi… Non, pour nous…, rectifia-t-elle en cherchant de nouveau les yeux de ses compagnons, oser, c'est… Eh bien, c'est une lettre où il n'est justement question que de cela. La lettre m'est adressée à moi, mais Suzanne, Pierre et Marthe en sont aussi les destinataires. Ainsi que Georges, malgré son déménagement. Alors voilà, je vais vous la lire. Miséricorde ! Ma chère, vous risquez d'être très surprise, je vous préviens !

Puis elle lut d'une voix chevrotante…

Chère Marie,

Je n'ai évidemment pas oublié Les Mirabelliers ! Je suis tellement navrée d'apprendre que Germaine nous a quittés… Je ne connaissais d'elle que sa généreuse lettre reçue au printemps, mais je crois ne pas trop m'avancer en affirmant que, où qu'elle soit, elle vous regarde avec fierté. Vous le reconnaissez vous-même avec honnêteté dans votre lettre, vous êtes de nature timorée et peu encline aux initiatives. Et pourtant, vous avez osé reprendre le flambeau pour m'écrire ! Ce n'est pas rien ! Si j'avais osé tenir tête à mon père en lui avouant que j'aimais Roméo, si j'avais osé braver sa colère, si j'avais osé croire que l'amour pouvait vaincre des générations de haine et de rancœur, je n'aurais sans doute pas eu une fin si précocement tragique… Mais voyons les choses du bon côté : sans cette destinée terrible, je ne serais pas passée à la postérité, ce qui m'aurait privée du plaisir de correspondre avec vous !

Puisque nous parlons d'« oser », je crois que là se trouve la clé. Chloé n'ose pas déranger les autres en s'épanchant quand elle va mal ? Elle a tort. C'est même à se demander si elle a compris le sens profond de l'amitié ! Qu'elle ose donc un peu plus ! Et c'est pareil pour Alice ! Je viens de relire la lettre de notre pauvre Germaine (j'archive tout, par pays, par région puis par ordre alphabétique…), si votre chère Alice est seule, c'est qu'elle n'a pas osé parler à son Antoine. Il faut parfois accepter l'inévitable : sur ce coup, elle a laissé filer sa chance !

Voici donc mon conseil : remontez le moral à Chloé autant que vous le voudrez, mais ne vous lancez surtout pas dans un quelconque Chloé Project *matrimonial sur le modèle de votre* Alice Project. *Quant à Antoine et Alice, ne soyez pas déçue de ne pas avoir pu les réunir. Il faut rester humble face au destin.*

Que retenir de tout cela ? En vous mettant en quête d'Antoine, vous et votre Club des Six avez « osé » mettre un peu de piment dans vos journées. Vous n'avez causé de tort à personne, votre petite aventure vous a soudés, ouverts aux autres. Vous vous êtes découvert d'insoupçonnées capacités. Le bilan n'est donc pas si mauvais !

Laissez donc un peu de temps à Alice et à Chloé, elles y arriveront aussi. Contentez-vous d'être là pour elles. Et surtout, ne cessez jamais d'écrire, pour vous, pour moi, pour les autres !

Bien à vous,

Juliette

Il y avait trop d'informations. Beaucoup trop d'informations. Et trop de prénoms familiers. Germaine, Chloé… et même Antoine. « Son » Antoine ? Car c'était bien elle, l'Alice de la lettre, non ? La jeune femme était complètement perdue. D'où sortait-elle, d'abord, cette lettre signée Juliette ? Était-ce une invention de ses vieux amis ? À en juger par leurs mines coupables, c'était bien davantage. Juliette ? Oui, ce devait être ça…

– La lettre vient du Club di Giulietta ? murmura Alice, incrédule.

– Oui, dit Marie d'une toute petite voix.

– Puis-je la relire ? demanda la jeune animatrice.

– Je vous en prie… s'empressa d'articuler Marie en la lui tendant.

Depuis son indiscrète lecture du journal d'Emma, Alice savait qu'il se tramait quelque chose aux Mirabelliers. Mais ça… Elle n'y aurait jamais pensé.

– Puis-je la garder ? demanda encore Alice. Je sens que je vais devoir la relire une bonne demi-douzaine de fois si je veux en saisir toutes les implications.

– Je la relirai volontiers avec toi ! s'exclama une voix qui semblait bien provenir du couloir.

Marie sursauta et se tourna vers la porte, imitée par tous les protagonistes de cette étrange scène. Pierre jura et Suzanne sourit.

– Je crois que ce petit chef-d'œuvre venu de Vérone me concerne également… ajouta Chloé d'un air taquin qui désamorça la tension qui s'était installée. Ce soir, chez moi, à 19 heures, ça te va, Alice ?

– On fait comme ça, oui ! Quant à vous autres, prévint Alice en se tournant vers les quatre rescapés du Club des Six, je vous aime tous infiniment, mais vous ne vous en sortirez pas comme ça ! Et cette pièce à conviction, ajouta-t-elle en agitant la lettre, je la garde !

Chloé 2

– Je n'avais jamais remarqué que tu avais un aussi beau balcon, dit Alice en prenant place sur une chaise pliante installée entre un citronnier en pot et une jardinière de plantes aromatiques.

– C'est joli, n'est-ce pas ? dit Chloé dont le visage s'était éclairé. Et encore, tu n'as pas vu mes tomates ! Je crois que j'ai les pouces verts ! J'envisage même d'acheter une petite maison avec un jardin, pour créer un potager digne de ce nom, ajouta-t-elle en remplissant le verre d'Alice de thé glacé à la menthe fait maison.

– Tu envisages ? releva Alice. On dirait que ce projet n'inclut pas Vincent.

Chloé s'assit à son tour et prit le temps de choisir ses mots.

– En effet, commença-t-elle. Et c'est justement à ça que fait allusion Juliette dans le passage de sa lettre qui me concerne…

Alice s'empressa de sortir de son sac la fameuse lettre confisquée à Marie. « Chloé n'ose pas déranger », relut-elle à voix haute.

– J'ai du mal à relier toutes ces données entre elles, reconnut-elle. Vincent, une nouvelle maison, toi qui n'oses pas faire je-ne-sais-quoi d'assez important pour préoccuper Juliette… C'est surréaliste !

– Non, pas du tout. C'est très simple, au contraire… Vincent m'a plaquée il y a trois mois, et je n'ai pas osé t'en parler. Tu semblais enfin sortie de ta déprime… Je ne voulais pas t'ennuyer…

Alice la coupa :

– Pourtant, quand Germaine nous a quittés, tu n'as pas hésité ! Je ne comprends pas…

Chloé soupira :

– C'était différent…

– Je vois… répondit Alice, peinée. Tu sais, si j'allais mieux… Je rectifie, si je vais mieux, c'est en grande partie grâce à ton amitié. Ça faisait trois ans que je n'avais pas côtoyé quelqu'un de mon âge… Tu te rends compte ! Trois longues années !

Un silence pesant s'installa.

– Tu connais l'adage qui dit que « les plus grandes peines sont muettes » ? questionna Chloé. Je crois qu'il y avait aussi quelque chose de cet ordre-là dans mon silence…

Alice ne répondit rien, mais son air dubitatif était éloquent. Chloé eut donc l'honnêteté de reprendre :

– En fait, je ne sais pas pourquoi je n'ai rien dit. C'était peut-être par orgueil. Je ne voulais pas faire pitié…

– Comme moi, tu veux dire, se vexa Alice. Je vous faisais à tous tellement pitié que tu as essayé de me préserver de je ne sais quelle hypothétique peine pendant que les autres m'organisaient un plan de sauvetage sentimental. Mais je suppose que je devrais tous vous remercier....

Chloé baissa la tête et ne dit rien. Alice reprit pour la troisième fois la lettre de Juliette.

Quant à Antoine et Alice, ne soyez pas déçue de ne pas avoir pu les réunir. Si votre chère Alice est seule, c'est qu'elle n'a pas osé parler à son Antoine... Il faut parfois accepter l'inévitable : sur ce coup, elle a laissé filé sa chance !

– Vas-y, Chloé, moque-toi de moi, toi aussi ! Et n'hésite pas à me poser toutes tes questions ! cria-t-elle avec amertume. Je suis sûre que tu brûles de savoir qui est Antoine ! Il a été mon voisin de palier pendant six ans. Six interminables années durant lesquelles je me suis littéralement consumée d'amour pour lui. Secrètement, bien sûr... Ce ne serait pas si romanesque, sinon ! Nos vieux amis l'ont compris... Comment ? J'ai peut-être une idée sur la question... Quoi qu'il en soit, ils se sont mis en tête de le retrouver.

Chloé étouffa le rire qu'elle sentait monter.

– C'est hallucinant ! ne put-elle s'empêcher de dire.

– Quoi ? Qu'est-ce qui est hallucinant ? s'énerva Alice. Que j'aie été aussi tarte ou qu'ils aient été aussi clairvoyants ?

Et soudain, toute la tension ambiante se relâcha. Alice éclata d'un rire presque joyeux.

– C'est vraiment dingue, oui ! concéda-t-elle entre deux hoquets.

– J'espère qu'ils vont nous expliquer comment ils s'y sont pris ! dit Chloé.

– J'y compte bien !

– Et s'ils avaient réussi ? demanda Chloé en piquant la dernière olive du pot qu'elle avait posé sur la table quelques minutes plus tôt.

– Je ne sais pas… avoua Alice.

– Alors c'est facile ! s'exclama Chloé. Tu reprends les recherches là où ils les ont laissées, et tu ouvres pour de vrai ou bien tu clos une fois pour toutes le chapitre Antoine !

– Et le chapitre Vincent ?

– Il est déjà en passe de devenir de l'histoire ancienne, dit Chloé. Depuis que j'ai craché le morceau à Marie, ça va mieux. J'ai accepté l'idée qu'on vende l'appart… J'étais sincère quand j'ai dit être impatiente d'avoir une maisonnette bien à moi. Comme toi, dans un village du coin où l'on peut devenir propriétaire pour trois fois rien… Ni Laurèle ni Hardie ne s'en plaindront ! Vincent ne les a jamais vraiment aimées. Elles restent avec moi et auront enfin un terrain de jeu à leur mesure !

Alice contempla la robe vermillon à pois blancs de son amie.

– Oui, on dirait bien que tu as tourné la page… Mais je suis surprise que tu ne veuilles pas retourner à Paris.

– Tu plaisantes ! S'il y a bien quelque chose de positif qui restera de mon histoire avec Vincent, c'est ça ! La vie à la campagne ! Le bon air de la Meuse… Ses vaches, ses mirabelliers… Et un job que j'adore !

Alice garda quelques instants le silence et déclara, bravache :

– Moi aussi, je veux tourner la page. Et je peux le faire sans problème ! Antoine était un rêve éveillé qui m'a inhibée pendant des années.

Et, avec autant de conviction qu'elle le put, elle ponctua avec une solennité affectée :

– Maintenant, ça suffit ! J'efface à jamais Antoine de mes pensées ! Ah ! Et puis il faut que je te raconte… Figure-toi qu'à Saint-Mihiel aussi, ils avaient de grands projets sentimentaux pour moi !

– Non !

– Si ! Ils voulaient me caser avec Julien !

– Remarque, c'était beaucoup plus réaliste ! Il est beau mec, célibataire, dévoué…

– Alors, je te le laisse ! répartit Alice. S'il est d'accord, bien sûr !

Agata 2

À la Maison Saint-Joseph, l'atelier qui suivit l'épopée de Lucien fut placé sous le signe de la gravité. Tout le monde était aux petits soins pour le fugueur, dont personne n'ignorait qu'il serait transféré – en septembre, selon toute vraisemblance – dans un EHPAD doté d'une unité spécialisée dans la prise en charge de la maladie d'Alzheimer.

– Je n'aime pas laisser les choses inachevées, commença Alice. Je me dis que le thème de notre atelier a peut-être été l'élément déclencheur de la fuite de Lucien, mais ce n'est pas pour ça que je ne veux pas le conclure. Quelqu'un veut-il prendre la parole ? demanda-t-elle sans grande conviction.

– J'ai deux choses à dire, déclara Georges. D'abord qu'Élisabeth et moi avons bien fait d'oser nous marier. Pas la peine d'épiloguer là-dessus… Ensuite, j'ai eu hier Pierrot au téléphone, qui m'a raconté votre atelier de l'autre jour à Commercy.

Georges chercha à capter le regard de la jeune femme, laquelle ne se déroba pas.

– Nous aussi, nous avons un aveu à vous faire, petite.

Alice se demanda si elle devait abréger ses souffrances en disant qu'elle savait tout ou, au contraire, le laisser boire son calice jusqu'à la lie. Curieuse d'entendre comment il allait présenter la chose, elle s'autorisa le plaisir légèrement sadique de le laisser poursuivre.

– Nous aussi, nous avons imaginé un petit… roman vous concernant, Alice. Enfin quand je dis nous, c'est plutôt « eux », rectifia-t-il en désignant ses compagnons. Moi, j'ai plutôt été partie prenante de l'*Alice Project* des Mirabelliers…

– Allez-y, Georges, l'encouragea Alice. Je n'en suis plus à une confession près… Surtout si vous y avez mis autant de bonnes intentions que vos homologues de Commercy. J'ai même hâte de savoir de quoi il retourne.

À sa grande surprise, Élisabeth déplia une lettre dont l'en-tête était en tout point identique à celui de la lettre envoyée par Juliette à Marie.

Chère Élisabeth,

Quel plaisir de recevoir de vos nouvelles ! Quelle déception d'apprendre qu'Alice et Julien ne sont pas faits l'un pour l'autre ! Vous aviez placé tant d'espoirs dans la formation de ce couple ! Je savais depuis le début que les amis de votre mari avaient aussi tenté quelque chose de leur côté pour aider Alice à trouver ou retrouver l'âme sœur. Germaine, des Mirabelliers, me l'avait écrit. J'avoue bien volontiers avoir éprouvé une joie puérile et un brin vaniteuse à la pensée de mon omniscience à ce sujet.

Revenons à nos deux jeunes gens. Dans ma première lettre, rappelez-vous, je vous avais incitée à vous montrer prudente. Je ne doute pas que vous ayez fait de votre mieux en ce sens, mais vous me le racontez vous-même, votre stratagème a filtré, une enfant en a eu vent et tout est remonté jusqu'à Alice. Si je vous ai bien lue, Alice ne sait pas que vous savez qu'elle sait… Profitez-en ! De la même manière que la petite fille est venue vous avouer son indiscrétion, vous devez sans tarder aller tout raconter à Alice. Elle ne vous en voudra pas ! Osez jouer la carte de l'honnêteté, osez faire amende honorable ! C'est d'autant plus facile que, dans toute cette histoire, vous étiez animés des meilleures intentions du monde ! Le lien affectif qui vous unit d'ores et déjà tous à Alice s'en trouvera vivifié ! Partant, elle-même osera peut-être se livrer davantage.

Allons, chère Élisabeth, je me hâte de cacheter cette lettre et de vous l'envoyer avant que les choses se compliquent.

N'hésitez pas à m'écrire encore. C'est toujours un grand plaisir de vous lire !

Je vous embrasse affectueusement,

Juliette

P.-S. : J'ai oublié de vous demander des nouvelles de Georges…

– Donc, vous saviez que je savais et vous avez décidé de suivre les conseils avisés de Juliette, résuma

Alice. Dans ce cas, poursuivit-elle sans ironie ni rancune, je n'ai plus qu'à vous remercier pour la peine que vous vous êtes donnée pour moi ! Et je propose que nous n'en parlions plus !

– Pas si vite ! se récria quelqu'un derrière elle. Qui vous dit que moi, je n'ai pas envie qu'on en parle ?

En proie à un sentiment de récent déjà-vu, Alice se retourna pour découvrir le regard brillant d'un Julien que personne n'avait entendu entrer et qui semblait – Dieu merci ! – aussi amusé par la situation que Chloé avait pu l'être à Commercy.

Saint-Jean

C'était prévu depuis la Chandeleur : les retraités de Saint-Mihiel étaient invités à se joindre à ceux de Commercy pour fêter la Saint-Jean. Et la musique, avait ajouté Alice. Lorsqu'ils arrivèrent aux Mirabelliers en compagnie des enfants de l'atelier intergénérationnel, un soleil radieux avait détrôné les derniers nuages qui s'attardaient sur les cuestas de la Meuse. Il faisait chaud mais pas trop. Le temps idéal pour une garden-party entre anciens.

La fugue de Lucien remontait à une dizaine de jours et chacun était bien décidé à ne plus en souffler mot. L'ambiance était détendue. On eût dit que tout le monde s'était donné le mot pour se mettre sur son trente-et-un, ainsi que Chloé le fit remarquer à Alice en admirant l'élégant chapeau de Suzanne.

Tranquillement, on installa les anciens à l'ombre des marronniers qui dominaient le parc, tandis que les enfants prenaient place sur une estrade improvisée. La kermesse de leur école avait lieu la semaine suivante ; ils avaient appris quantité de chants relatifs au « voyage » avec leurs maîtres et maîtresses respectifs. Il était donc facile pour Alice de provisoirement endosser le rôle de chef de leur petit chœur déjà bien entraîné. Il avait été convenu que tous les élèves de l'école devraient porter des marinières le jour de la kermesse. Alice, qui était au courant, avait suggéré aux écoliers d'étrenner leurs tenues à Commercy. Ce fut donc une chorale de matelots qui entonna ses chants pour le plus grand bonheur de leurs aînés qui reconnurent nombre de standards de leur jeunesse. Le petit concert s'acheva par l'interprétation d'*Heureux qui comme Ulysse*, le célèbre poème de Du Bellay mis en musique de manière très contemporaine. Loin d'être rebuté par le lifting imposé à l'œuvre, Pierre fut charmé et le manifesta bruyamment.

Alice joua du violoncelle et Georges régala l'auditoire du répertoire de Maurice Chevalier. Chloé improvisa un slam plutôt improbable, auquel elle renonça rapidement pour entraîner les enfants dans une farandole.

Puis de petits groupes se formèrent et se dispersèrent dans le jardin au gré des bancs, fauteuils et couvertures à pique-nique disposés çà et là. Ce fut ainsi que Julien, Chloé et Alice se retrouvèrent à bavarder sous un tulipier de Virginie. Et le moins que l'on puisse dire, c'est qu'ils avaient beaucoup de choses à débriefer ensemble, à commencer par les deux lettres de Juliette dont ils avaient réussi à connaître la double genèse en cuisinant les pensionnaires des Mirabelliers et ceux de Saint-Joseph.

– C'est quand même fou que nos supposées histoires de cœur se soient retrouvées entre les mains de parfaites inconnues à Vérone ! s'exclama Julien, une fois la gêne passée de se retrouver assis entre l'élue de son cœur et celle que lui prêtaient les rocambolesques déductions des retraités.

– C'est moi qui leur ai parlé du Club di Giulietta, expliqua Alice, que le voisinage de Julien ne mettait pas aussi mal à l'aise qu'elle l'avait redouté. C'était pour un petit exercice d'écriture… Jamais je n'aurais imaginé qu'ils s'empareraient de tout ça de manière aussi concrète !

– Je trouve ça tellement chou ! s'attendrit Chloé.

– « Chou » ? Je n'avais pas entendu ça depuis le collège ! se moqua Julien.

– En tout cas, ça les a bien occupés, commenta Alice. Et c'est une très bonne chose.

– Et maintenant ? questionna Julien.

– Je propose que nous continuions à être avec eux comme avant, dit Chloé. En faisant comme si de rien n'était. On oublie tout !

– Moi, ça m'a fait du bien de me sentir choyée par eux, avoua Alice.

– Sur quoi porte ton prochain atelier ? demanda Chloé en passant, comme souvent, du coq à l'âne.

Alice laissa errer son regard entre les bosquets animés du vaste jardin. Les marinières des enfants qui couraient et se cachaient en riant lui donnèrent une idée.

– Le voyage. Voyages réels, voyages rêvés… Oui, c'est ça…

– Alors il vaudrait mieux que Lucien ne soit pas là… objecta Julien. Remuer ces histoires de voyages risquerait de lui redonner l'envie de filer…

– Ça ira, le tranquillisa Alice. Sa fille m'a dit qu'elle le prenait chez elle quelque temps. Elle a été très secouée par tout ça… Elle s'est octroyé quelques jours de congé.

– En parlant de congés, intervint Chloé, vous les avez quand, vous, les vôtres ?

– Début août ! répondirent en chœur Alice et Julien.

– Comme moi ! jubila Chloé. Et allez savoir pourquoi, j'ai soudainement envie de partir visiter Vérone… Ça vous dirait de venir avec moi ? Je suis sûre qu'en s'y prenant bien, on pourrait encore se dégoter trois places dans une auberge de jeunesse ou dans un camping !

La nouvelle Alice pleine de vie n'hésita pas. Julien non plus. Chloé poussa un rugissement de triomphe et se jeta sur son smartphone pour rechercher sans attendre la location idéale. Laissant à la jeune ergothérapeute le soin de passer au crible les sites spécialisés dans la réservation de chambres et autres gîtes, Alice se leva, secoua les quelques brins d'herbe fraîchement tondus qui s'étaient collés à sa robe et appela les enfants.

– Allez vite enfiler vos costumes ! leur ordonna-t-elle. L'heure de votre « Paon-dule » a enfin sonné ! Nos vieux amis ont tous vu le collage qui vous a inspiré votre pièce de théâtre. Ils vont être admiratifs ! Et moi, je suis très fière de vous !

HUITIÈME PARTIE

Invitation au voyage

Les géants

À Commercy comme à Saint-Mihiel, Alice se contenta de vidéoprojeter une photographie qui la faisait rêver depuis qu'elle était toute petite. Pour elle, le paysage de la photo, c'était la destination idéale, celle qu'elle devrait un jour atteindre pour que sa vie soit parfaite. En partageant avec eux cette image, elle dévoilait à ses petits vieux une part très secrète de son imaginaire. Ce paysage qu'un mythe prétendait façonné par des géants l'émouvait. Elle ne savait pas pourquoi. C'était comme ça.

Alice donna seulement cette consigne aux retraités : « Cet endroit est la destination d'un voyage réel ou imaginaire, passé ou futur. Que vous évoque-t-il ? »

Et comme à son habitude, elle circula de l'un à l'autre pour aider chacun à s'imprégner du sujet, à modeler ses idées, à polir ses mots, à donner une âme à son récit. C'était là le commencement de son voyage à elle vers ce lieu qui l'appelait depuis toujours de son irrésistible féérie.

En attendant de découvrir l'Irlande – car c'était d'un paysage irlandais qu'il s'agissait –, Alice se réjouissait de n'être séparée de Vérone que par le mois rieur et ensoleillé de juillet. Après des heures de recherches persévérantes et enthousiastes, Chloé avait trouvé un gîte rural plutôt sommaire (d'après les photos), paumé dans un hameau pittoresque de l'arrière-pays de Vérone. En partageant en trois les frais de la location, il y avait là de quoi passer un agréable séjour à un prix très raisonnable pour un mois d'août.

Jeanne 3

Quels drôles de pavés ! Je n'en ai jamais vu d'aussi grands ! Mais on me paierait que je n'irais pas les voir. Je suis trop vieille pour ça, et trop débiscayée.

Et puis je n'ai pas l'habitude de ce genre de lieux exotiques. Je ne suis jamais partie en vacances. Petite, je restais toujours dans la ferme de mes parents. Après mon mariage, celle de mon Léon a été mon seul horizon.

Pourtant j'ai voyagé, moi aussi. À ma manière. Grâce à mes petites jumelles magiques. Je me demande ce qu'elles sont devenues… Léon me les avait offertes au temps de nos fiançailles. En 1958, exactement. Je m'en souviens comme si c'était hier. « Une fenêtre qui s'ouvre sur le monde », disait la réclame de M. Bruguière. Quelle belle promesse ! Comme j'ai été déçue, quand ma voisine m'a ramené la stéréocarte de Nancy ! C'était une Bruguière, justement. Hélas, moi, j'avais le stéréoscope simplex de la marque Lestrade. Les cartes Bruguière ne passaient pas dans mon appareil. Mais je ne me suis pas fait avoir deux fois ! J'ai dit à qui voulait l'entendre de me rapporter de voyage les vues Lestrade. Et j'en ai récupéré une trentaine en cinq ou six ans. Ma cousine Monique m'a ramené des stéréocartes de Villars-de-Lens et du cirque de Gavarnie. Mes vues préférées, c'étaient celles du Touquet-Paris-Plage. Celles de la fête des Jonquilles de Gérardmer, et celles des Floralies de Paris, aussi… Je les ai regardées à les user ! Pas besoin d'un écran de cinéma ! Mes merveilleuses lunettes me faisaient voir les monuments en relief. Il m'arrivait même de tendre la main pour essayer de les toucher ! J'entends encore les clic-clic-clic que produisait l'appareil quand je l'actionnais. C'était comme si je tenais un paradis miniature dans le creux de mes mains.

Ça peut paraître bizarre, mais ça m'a suffi. Je n'ai jamais été jalouse de ceux qui découvraient le monde pour de vrai. Voyager par procuration, j'ai fait ça toute ma vie et ça m'allait très bien. La télévision a fini par remplacer mon stéréoscope, mais ce n'était pas pareil. La télévision a moins d'âme… Il y a quand même un endroit où je serais bien allée. En Suisse. Mais mon Léon est mort avant d'avoir atteint la retraite et moi, je me suis cassé trois fois le col du fémur. C'est pour ça que je suis là. C'est la vie !

Mais je crois bien que je me suis trop éloignée du sujet ! C'est peut-être parce que la photographie me parlerait plus si je pouvais l'emprisonner et la garder pour moi toute seule dans mon stéréoscope.

Sabine

Compostelle, le 20 juillet

Bien chers tous,

Voilà, ça y est, nous sommes depuis hier à Compostelle. Le voyage s'est bien passé malgré la chaleur et une petite panne de voiture en définitive sans importance. Nous avons mis dix jours, comme prévu, avec une halte dans les sites médiévaux emblématiques du pèlerinage. Heureusement que j'apprécie l'art roman, sinon je crois bien que je courrais le risque de succomber à une overdose de cloîtres et d'abbatiales ! Gilles, mon mari, a pris des centaines de clichés. Il fera un montage que nous vous projetterons à notre retour, avant le départ de papa pour l'EHPAD de Verdun. Il me coûte vraiment beaucoup d'écrire ces derniers mots. J'aimais tant le savoir près de moi… Que voulez-vous ! On ne se refait pas et j'aime tout maîtriser…

Tous les jours, Gilles et moi avons dû refaire connaissance avec papa, et tous les jours cela a été une souffrance pour moi qui n'arrive toujours pas à m'habituer à être indéfiniment effacée de son disque dur. Mais tous les jours, j'ai eu la grande joie de voir papa heureux. Il nous a acceptés, Gilles et moi, comme il aurait adopté n'importe quel pèlerin lambda partageant un tant soit peu sa lubie. Je m'en suis satisfaite. Il a beaucoup râlé quand il a compris qu'il n'accomplirait pas son pèlerinage à pied. Pour lui faire plaisir, nous parcourions quotidiennement à pied un ou deux petits tronçons d'un kilomètre environ, à plat et à l'ombre. Nous marchions tranquillement, bras dessus bras dessous. Gilles nous suivait puis nous dépassait en voiture. Il nous attendait en prenant des photos. Chère Alice, je crois bien que j'en sais plus long sur votre grand-mère Marguerite que vous n'en saurez vous-même jamais ! Figurez-vous que papa l'avait demandée en mariage avant de partir ! Il ne connaissait alors pas maman, qui n'est entrée en scène que huit ans plus tard. Trop tard, hélas, pour qu'elle fasse encore partie de ses souvenirs. Il a donc bien fallu que je me contente de votre aïeule ! Et je sais à présent de qui vous tenez cette réserve qui vous caractérise – j'espère ne pas vous blesser en énonçant cette évidence…

Il fait vraiment très beau, ici. Et pas loin de 40°°C à l'ombre. Je vois déjà Julien s'affoler, mais qu'il se rassure, j'ai les choses bien en main ! Je materne si bien papa qu'il ne court aucun risque de déshydratation ! Et le soir, je suis tellement fatiguée de l'avoir dorloté que j'en oublie de culpabiliser d'avoir laissé en plan mes administrés pour deux longues semaines.

À très bientôt !

Avec mes plus affectueuses pensées,

Sabine Grandjean-Fournier

P.-S. 1 : En attendant de vous faire voir notre diaporama, je vous joins une photo de papa avec sa coquille et son bâton. Vous verrez qu'il est aussi fringant qu'un jeune homme !

P.-S. 2 : Je me demande si je ne vais pas tenter de jumeler Saint-Mihiel et Compostelle… mais quand on voit que Compostelle est déjà liée à Saõ Paulo, évidemment, ça fait réfléchir. Nous ne faisons clairement pas le poids, d'autant que nous n'avons pas la moindre petite église Saint-Jacques en stock, ce qui paraît pour le moins handicapant.

Peut-être serait-il plus raisonnable de viser un des villages environnants ? Affaire à suivre…

– Alors, que dites-vous de ça ? s'enquit Alice.

– Il a accompli son rêve, répondit sobrement François.

– Mais il ne s'en souviendra pas ! gémit Jeanne.

– Qu'importe ! trancha Georges. Son présent n'a pas de prix ! Et pensez un peu à Mme le maire ! Elle, elle aura de magnifiques souvenirs à chérir !

– Nous pourrions peut-être accompagner la projection du diaporama d'une petite fête à l'espagnole ? suggéra Élisabeth.

– Très bonne idée ! approuva Alice. Mais pitié, n'organisez pas cela avant la deuxième quinzaine d'août ! Chloé, Julien et moi tenons absolument à être des vôtres !

François 2

J'empruntai une voie pavée de millions d'hexagones et de pentagones. À perte de vue, je distinguais les dizaines – que dis-je ? – les centaines de pièces de ce pavement géométrique qui serpentait et venait s'insinuer dans tous les coins et recoins d'une campagne verte et riante… Telle était la route que je m'étais choisie, au hasard. Par endroits, les pavés, comme propulsés des entrailles de la Terre, formaient des colonnes que je gravissais avec allégresse puis redescendais avec entrain. Les vallons se succédaient, les prairies se bousculaient et les haies vives s'étiraient de part et d'autre de cette fantastique chaussée. Où m'emmenait-elle, cette route pas comme les autres ? Je l'ignorais mais je la suivais, le cœur léger. Jusqu'au soir où, à la lueur du soleil plongeant, je touchai à l'écume infinie de l'Océan.

Comme tout prodige, ma route finissait en apothéose. Ses pavés géométriques n'étaient plus route, ils n'étaient pas encore flots… Agglomérés les uns aux autres, ils formaient une titanesque colline. Chaque colonne née de la Terre se terminait par une cloche en verre. Chaque dôme de verre abritait un meuble. Ici un lit à baldaquin, là une causeuse. Ici une grande horloge, là un clavecin, là encore un authentique Frigidaire… Il y avait même une vieille 2CV. J'avais sous les yeux une habitation entière éclatée en fragments. Les colonnes les moins élevées tenaient lieu de jardinets protégés par des serres dont la transparence répondait à celle des cloches de verre. Les rayons mourants du soleil faisaient doucement briller ce drôle de domaine, cet étrange finistère. Les pavés étaient larges pour des pavés, mais ils étaient étroits relativement à l'échelle des meubles d'une maison. Le tout formait donc une sorte de manoir lilliputien éparpillé aux quatre coins d'un tertre fantasmagorique. À quoi pouvait bien servir ce curieux agencement, sinon à répondre aux besoins de quelque fabuleuse créature ? J'étais bien résolu à le découvrir ! Et le soleil fut aspiré par l'horizon. Mais je n'eus pas le temps de m'émouvoir de la noirceur du manteau dans lequel je me trouvais subitement enveloppé. Des milliers de petites lucioles apparurent et vinrent se poster au-dessus des verrières. Je retins mon souffle. Comment d'aussi petits animaux pouvaient-ils – même par myriades – produire quelque chose d'aussi grandiose ? Je me le demandais encore lorsque je la vis. Ce ne fut pas des eaux qu'elle émergea, mais des profondeurs de la Terre, perchée sur une colonne ascensionnelle octogonale. Ainsi que je l'avais prévu, elle était petite, très petite même. Exquise, harmonieuse, espiègle dans son maintien, mais beaucoup trop petite pour moi. Que faire ? À moins d'avaler une providentielle potion rapetissante, je ne voyais pas comment être de taille à la courtiser. Elle me sourit. Je lui souris en retour. Et je repris ma route, seul et décidé à le rester. Farouchement résolu à transformer ma vie en une insatiable odyssée solitaire, à commettre des folies, à braver l'inconnu… pour l'oublier, elle et son pays radieux. Et de cette citation venue du fond de ma romantique jeunesse, je fis mon credo : « Un homme qui a fait une fois un bond dans le paradis, comment pourrait-il s'accommoder ensuite de la vie de tout le monde ? »

– J'ai relu cette citation[1] il n'y a pas si longtemps… commenta Alice qui n'avait aucune retouche à apporter au texte de François. Je ne sais pas quelle fut la destinée de votre narrateur, mais il est vraiment dommage que vous ne vous soyez pas décidé plus tôt à nous faire profiter de votre talent, François !

– Vous pensiez que j'étais juste un loir dormant…

– Et j'avais de bonnes raisons de le penser ! se défendit Alice.

– C'est vrai, admit François de bonne grâce.

– Je regrette de ne pas vous avoir présenté à Pierre, le jour de la Fête de la musique ! Il est poète, et vous aussi, pour autant que je puisse en juger. Je suis persuadée que vous vous seriez découvert bien des affinités, tous les deux !

– Chloé nous a présentés… Vous n'avez pas remarqué ? Nous avons passé l'après-midi ensemble !

Non, Alice n'avait pas fait attention. Elle se réjouit de l'initiative de son amie tandis que François poursuivait :

– Pierre m'a parlé de ses poèmes. Il m'en a récité quelques-uns, aussi… Il est vraiment doué et j'ai réussi

1. Citation tirée du *Grand Meaulnes,* d'Alain Fournier (1913).

à le convaincre de… Mais, je n'en dis pas plus pour le moment ! se reprit-il vivement. C'est une surprise !

La curiosité d'Alice était piquée, mais elle savait qu'il était inutile de forcer le secret partagé par Pierre et François.

– J'étais certaine que vous étiez faits pour vous entendre ! se contenta-t-elle donc de dire.

– À cette différence près que je suis resté un célibataire endurci, pendant que Pierrot se pâmait d'amour pour sa Margot !

La muse aux mille robes

Commercy, le 21 juillet

Cher François,

J'ai suivi tes conseils à la lettre : ma fille, Isabelle, m'a conduit chez cet éditeur nancéen que tu m'as recommandé. Avant cela, elle a passé trois week-ends complets à taper à l'ordinateur le contenu de mes carnets.

– Papa ! m'a-t-elle gentiment tancé, tu ne peux pas te présenter chez un éditeur avec tes vieux cahiers jaunis ! On est au XXI*e* *siècle ! C'est tout simplement inenvisageable !*

Je ne lui avais jamais fait lire mes poèmes, et elle m'a rapporté avoir inondé son clavier d'ordinateur de ses larmes durant tout le temps que dura sa transcription. Elle est professeur de lettres (comme le fut sa mère) et m'a assuré que mes poèmes étaient très bons. Cela m'a donné l'élan qui me manquait encore, même si j'étais en droit de douter quelque peu de son objectivité en la matière… Isabelle a bien des traits communs avec Margot, mais elle en possède beaucoup moins, toutefois, que Camille, sa fille cadette, dont le caractère est une copie conforme de celui de sa grand-mère. Ma petite Camille a évidemment lu les poèmes également.

Elle s'est beaucoup enthousiasmée pour la série consacrée aux robes de sa grand-mère.

– Tu as encore les robes de mamie ? a-t-elle demandé, tout excitée.

Isabelle est aussi sentimentale que moi. Je me doutais bien qu'elle les avait conservées quelque part.

– Demande à ta mère ! ai-je répondu à la petiote, assez sûr de mon coup.

Elles sont allées farfouiller dans le grenier où Isabelle a remisé mes affaires au moment où j'ai dû entrer aux Mirabelliers. Et voilà ! La kyrielle de robes des années cinquante et soixante de Margot s'y trouvait, pliée dans deux gros coffres. Avec ses gants, ses chapeaux et ses chaussures, aussi… Quel vieux fétichiste je fais, n'est-ce pas ? Ma fille ne vaut pas mieux que moi ! Heureusement, sinon on aurait pu faire une croix sur les robes…

Camille a un dada, la photographie. Elle s'est mis en tête de faire des photos d'art (ambitieuse, la petiote !) de chacune des tenues de sa grand-mère, pour illustrer le recueil. Tu penses bien qu'Isabelle a dû la freiner ! Inutile de se donner autant de mal pour un livre qui ne verra peut-être jamais le jour !

Mais Camille est têtue :

– On pourra toujours tirer quelques exemplaires du recueil de papi à compte d'auteur ! a-t-elle argumenté. Pour la famille… Et on sera bien contents que les robes de mamie y figurent !

Elle avait gagné. Comme elle a un joli coup de crayon, je lui ai suggéré de faire des photomontages en habillant une Margot esquissée au fusain des photographies de ses robes. L'idée lui a plu. Bien sûr, un mannequin serait aussi une option. Je dois dire que notre Alice ferait très bien l'affaire ! Depuis qu'elle est rousse, elle ressemble un peu à ma Margot dont elle a la silhouette gracile. Mais je doute qu'elle se prête au jeu… Elle est beaucoup trop introvertie pour cela, même si elle a fait quelques remarquables progrès ces derniers mois.

Il est temps d'entrer dans le vif du sujet. Je te fais mariner depuis trop longtemps ! Tu dois te demander ce qu'a dit l'éditeur. Figure-toi qu'il m'a rappelé trois jours après mon passage chez lui seulement (encore un qui a eu pitié de mon grand âge !) pour me dire OUI. Le livre devrait paraître pour les fêtes ! Avec les illustrations de Camille dont Isabelle lui a montré un échantillon. C'est aussi Camille qui a trouvé le titre du recueil : La Muse aux mille robes. *Suzanne avait raison (et toi aussi !) : quel plus bel hommage déposer aux mânes de ma Margot ?*

Alice vous a-t-elle aussi montré cette photo d'Irlande avec ces espèces de grandes orgues en pierre façonnées par Dame nature ?

À quel voyage nous invite-t-elle, cette image ? Pour la première fois, j'ai séché. Rien ne m'est venu. Le trou noir, la feuille blanche. Pas le moindre petit vers. Alice n'en revenait pas ! Mais elle a eu la finesse de ne pas me brusquer. Ce n'est que maintenant que je t'ai parlé des vieilles malles de Margot que le souvenir me revient de ce roman d'aventure de Pierre Benoit, qu'elle surnommait « le fruit défendu », parce qu'elle n'était pas très fière d'en goûter les péripéties romanesques. Elle le gardait avec d'autres du même genre dans une petite valise rouge reléguée à la cave, son contenu étant jugé indigne de notre immense bibliothèque (jugement élitiste bien sévère, si tu veux mon avis).

Ça s'appelait La Chaussée des géants, *et bien qu'Alice ne nous en ait rien dit pour ne pas nous influencer, je parierais bien un billet de 20 euros que c'est cette même chaussée qui fascine tant sur sa photo. À présent, je pourrais donc traiter le sujet : les colonnes volcaniques hexagonales de la photographie m'évoquent des tremplins du haut desquels je peux plonger dans les coffres de Margot. Un voyage dans le temps, en somme. Mais un voyage amusant, débarrassé des regrets. Un voyage clin d'œil aux petites manies qui faisaient de ma Margot un être exceptionnel. Un voyage guidé par un facétieux petit lutin irlandais connu de moi seul.*

Et toi, qu'as-tu produit ? En attendant de t'offrir mon recueil de poèmes, je ne serais pas fâché de lire ta prose !

Ton vieux nouvel ami,

Pierrot

Antoine

Si ses parents ne l'y avaient pas littéralement poussé, jamais Antoine ne se serait retrouvé planté devant la porte de cet hospice à attendre qu'on veuille bien l'y faire entrer. C'était sa faute, aussi ! Quel besoin avait-il eu de leur parler de cette mystérieuse Germaine, dont le neveu avait fait irruption dans son atelier. Mais c'était trop tard… Le mal était fait. Sa mère s'était faite l'avocate de cette vieille mamie dont il aurait restauré le violon mais dont il n'avait aucun souvenir. « Tu ne peux pas toujours te conduire comme un ours », avait-elle plaidé. « Ce n'est pas comme si tu devais sortir en boîte avec des jeunes gens de ton âge ! avait renchéri son père sans relever le nez de la page cyclisme de *L'Équipe*. Tu ne cours pas le moindre risque de t'amuser ! » avait-il ajouté, pince-sans-rire. Sa mère était revenue à la charge une fois, deux fois, trois fois… La quatrième avait été la bonne. Antoine avait rendu les armes. La paix. Voilà ce qu'il voulait ! Qu'on lui fiche la paix. Comme si ça ne suffisait pas de devoir affronter le ban et l'arrière-ban de la famille au grand complet à l'occasion du mariage de sa sœur, prévu à la fin du mois ! Il fallait en plus qu'il se coltine d'invraisemblables mondanités avec une vénérable mais parfaite inconnue.

La porte d'entrée des Mirabelliers s'ouvrit enfin sur une femme sans âge, qui lui serra la main en l'invitant à la suivre dans son bureau. « Secrétariat. Mlle Bichon », eut-il le temps de lire sur la porte sans prendre garde au vieil homme agrippé à sa canne anglaise qui approchait en claudiquant et en le dévisageant.

– Vous pouvez laisser la porte ouverte, dit la secrétaire en faisant asseoir le visiteur à coup d'obséquieux « je vous en prie ».

Elle se racla la gorge et braqua avec commisération ses yeux myopes sur Antoine.

– Vous m'avez dit dans l'Interphone que vous veniez rendre visite à Mme Desmoines. Mme Germaine Desmoines. C'est bien cela ?

– C'est ça, oui…

Visiblement embarrassée, Mlle Bichon se tortilla sur sa chaise de bureau, toussota, prit une impressionnante inspiration qui fit pigeonner son opulente poitrine, et puis… Rien. Le vieil homme à la canne anglaise venait d'entrer et de se précipiter près de la chaise sur laquelle le visiteur avait pris place.

– Permettez-moi de me présenter, jeune homme. Je suis Pierre, Pierre Mangin. Pierrot pour les amis.

Ça fait déjà sept ans que je partage cette humble demeure avec la jolie damoiselle ici présente.

La secrétaire, flattée, reprit une goulée d'oxygène et recommença à se tortiller sur son siège. De contentement, cette fois.

– Bonjour monsieur, dit Antoine, que l'excentrique intrusion du vieillard n'émouvait pas plus que cela (après tout, on était dans un hospice !). Je suis…

– Laissez-moi deviner, coupa Pierre en levant sa canne avec autorité. Vous êtes Antoine Martin.

Pour le coup, la secrétaire ne parvint plus à fermer la bouche, et Antoine ne fut pas loin d'atteindre la même amplitude maxillaire qu'elle. Pierre fit une pause, le temps de savourer son petit effet. Il reprit :

– C'est à cause de Mme Desmoines que vous êtes là, n'est-ce pas ? J'étais au courant pour la visite que Jude vous a faite. Enfin quand je dis « je », je veux dire « nous ». Nous étions six au total à être dans la confidence. Et il faut bien avouer que nous attendions avec impatience une lettre de votre part. Vous trouver devant nous en chair et en os ne nous semblait pas de l'ordre du possible !

– Je n'y comprends rien ! expira enfin la secrétaire.

– Ce n'est pas grave, chère amie, la rassura Pierre en se fendant d'un grandiloquent baisemain. Si vous me le permettez, je vous emprunte M. Martin. Je le conduis dans la grande salle, où je lui dirai ce que vous savez. Je pense que vous n'y verrez pas d'objection…

– Non ! souffla la secrétaire, ravie de ne pas avoir à annoncer le décès de Germaine. Allez-y mais j'espère bien que vous me raconterez tout plus tard.

– Vous pouvez y compter, très chère !

Et Pierre embarqua un Antoine médusé, plus que tenté de prendre ses jambes à son cou, mais conscient qu'il ne pouvait faire cet affront à un homme dont l'âge imposait le respect.

– Je vous présente Antoine, annonça Pierre en pénétrant dans la salle de convivialité où les membres rescapés du Club des Six étaient fort opportunément rassemblés.

– Antoine ? Antoine Martin ? interrogea Marthe en rajustant ses lunettes.

– Antoine d'Amérique ! s'exclama Marie en dévisageant le grand jeune homme blond un brin dégingandé qui dépassait Pierre de deux têtes au moins.

– En personne ! fit ce dernier, très fier d'être celui par qui le miracle arrivait.

L'objet de toutes les attentions était mal à l'aise. Mal à l'aise, mais si intrigué qu'il en oubliait de vouloir s'enfuir.

– Laquelle de vous, Mesdames, est Germaine ? demanda-t-il en regardant Suzanne dont l'altier silence le rassurait.

Mais ce fut Marthe qui, en digne héritière de Germaine, prit la parole pour gourmander Pierre.

– Je n'arrive pas à croire que tu ne lui aies rien dit, Pierrot !

– Je n'en ai pas eu le temps ! Je l'ai *in extremis* arraché aux griffes de Mlle Bichon. C'est déjà pas si mal !

– Certes, acquiesça Marie. Mais il faut pourtant bien que quelqu'un le lui dise.

– Me dise quoi ? demanda Antoine en suppliant Suzanne du regard (c'est fou ce qu'elle ressemblait à Maggie Smith !).

– Germaine nous a hélas quittés, énonça Suzanne de sa voix douce. Mais recevoir de vos nouvelles était, je crois, son plus cher désir avant son brusque décès.

– Je n'y comprends rien… murmura Antoine, qui se sentait tout à coup chargé d'un poids trop lourd à porter. Elle tenait tant que ça à son violon ?

Un court silence s'installa, le temps que la remarque d'Antoine fît son chemin dans l'esprit de chacun. Marie fut la première à comprendre.

– Ah oui ! C'est vrai ! Nous vous avons fait croire que vous aviez réparé le violon de Germaine. Mais c'était une ruse pour entrer en contact avec vous !

– Une ruse… répéta bêtement Antoine.

– Germaine n'a jamais eu de violon, ajouta Pierre.

– Je vois… fit Antoine avant de se reprendre. En fait non, je ne vois pas du tout ! Qu'ai-je donc qui vous intéresse autant ? Il fallait que vous soyez drôlement motivés pour vous mettre à ma recherche. Car j'imagine que ça n'a pas été facile… Si mes parents avaient été vos complices, j'espère tout de même qu'ils me l'auraient dit !

Antoine se tut, peu habitué à débiter des tirades d'une telle longueur.

– Vos parents ? s'étonna Marie. Nous ne savons même pas d'où ils sont… À cause de votre patronyme, vous comprenez…

– Ils habitent à Bar-le-Duc. C'est pour ça que je peux me permettre d'être là. En chair et en os, comme l'a si bien dit Pierre.

– C'est pas vrai ! s'écria ce dernier en éclatant de rire. Si on avait su !

Antoine réfléchissait mais ne semblait plus disposé à poser les questions qui devaient se bousculer dans sa tête. Son mutisme commençait à déstabiliser le Club des Quatre.

– Et c'est tout ? s'étonna Pierre en contenant à grand-peine l'énervement qui le gagnait. Vous n'insistez pas ! Vous n'êtes pas plus curieux que ça ? Vous ne voulez pas connaître le pourquoi du comment !

Pour toute réponse, Antoine se tourna vers Suzanne. Son opinion était faite depuis le début : elle était de loin la plus sensée du petit clan. Ce fut donc elle qui, posément, raconta tout. Les merveilleux ateliers d'Alice, son ancienne voisine ; leurs soupçons quant aux sentiments nourris pour lui par cette dernière ; la lettre à Juliette ; l'*Alice Project* ; l'enquête « parigo-mirecurtienne »… Elle n'omit rien. À mesure que le fil du récit se déroulait, Marthe, Marie et Pierre rapetissaient dans leurs fauteuils, frappés par l'évidence de l'extravagance de leur entreprise. Antoine n'interrompit pas Suzanne une seule fois. Son visage, impassible, ne trahissait aucune de ses émotions. Seuls ses longs doigts, que l'on voyait soignés et devinait habiles, semblaient parfois réagir au récit de Suzanne. Quand cette dernière eut terminé, il s'exclama simplement :

– Pauvre Alice !

– Pourquoi « pauvre » ? demanda Marthe, qui s'était plutôt attendue à des protestations, des moqueries, voire à une bonne grosse engueulade.

– Est-elle au courant ? questionna Antoine.

– Elle n'a rien à voir là-dedans ! Ne la méjugez surtout pas ! implora Marie.

– Ça, je n'en doute pas ! Si elle avait voulu ou osé m'aborder, j'imagine qu'elle en aurait trouvé le moyen à Paris ! Six ans est une fenêtre temporelle plus que raisonnable pour ce faire ! ajouta-t-il avec une pointe de cynisme.

– Elle a découvert nos démarches il y a un peu plus d'un mois, avoua Suzanne.

Antoine soupira.

– C'est bien ce que je craignais ! Vous imaginez à quel point elle a dû être mortifiée !

Dans un ensemble parfait, les membres du Club des Quatre baissèrent piteusement la tête.

– Elle nous a pardonné… bredouilla Marie. Elle sait que nous ne voulions que son bien.

– J'espère qu'elle n'attend rien de moi… dit Antoine, brisant par là dans l'œuf les espoirs que sa venue avait fait renaître dans les cœurs des vieux amis d'Alice.

– Rien du tout ! affirma Pierre avec aplomb. Vous êtes pour elle de l'histoire ancienne ! Pff ! Fini, oublié…

– Mais ce qui vient de se passer cet après-midi, dit Suzanne, doit absolument rester entre nous. Alice sait que nous n'étions pas allés au bout de notre entreprise. Si elle apprenait que nous vous avons vu, que nous vous avons tout dit, elle serait morte de honte !

– Qu'est-ce que vous espériez ? s'insurgea Antoine en se fâchant (enfin !) tout rouge. À un moment ou à un autre, elle se serait retrouvée face à moi comme une idiote, à attendre je ne sais quoi de ma part ! Quelle humiliation pour elle !

Personne n'émit aucun commentaire, aucune protestation. Antoine s'en voulut de sa véhémence et s'en excusa maladroitement. Puis il fit mine de regarder sa montre et prit brusquement congé.

– Pour une surprise… s'émerveilla Marthe, une fois la porte refermée sur leur visiteur.

– Vous en pensez quoi ? demanda Pierre.

– Il ressemble beaucoup à Alice, avança Marie. Il rougit comme un écolier, semble peu à l'aise en société.

– Cela dit, il y avait de quoi être gêné… observa Marthe.

– Certes, admit Suzanne. Le « qui se ressemble s'assemble » est un peu prématuré à proclamer. Moi, ce qui m'a frappée, c'est que dans ses reproches…

– … Il n'a pensé qu'à l'embarras d'Alice, acheva Pierre. C'était sa seule préoccupation.

– Tout à fait, appuya Suzanne pensivement. Je me demande si nous le reverrons.

M. et Mme Martin

Quand Antoine rentra chez ses parents, il était d'une humeur de dogue. Il s'enferma à double tour dans la chambre qui avait été la sienne quand il était petit garçon, et massacra au violon une sonate de Dvorak. Lorsqu'il daigna sortir de sa tanière, ce fut pour avoir droit aux commentaires caustiques de son père :

– Ma parole, on jurerait que tu as vu le fantôme de ton Alice !

Antoine sursauta.

– Qu'est-ce qui te fait dire ça ? demanda-t-il avec agressivité.

– Le jour où tu t'es décidé à nous parler de ta voisine, tu as joué la même chose, avec la même hargne. Mais… Passons… Dis-moi plutôt ce que t'a dit cette Germaine.

– Elle est morte.

– Oh ! fit sa mère qui s'était approchée. Et c'est pour ça que tu es si en colère ? Pauvre femme ! Toi, tu n'en es pas mort, d'être allé jusqu'à Commercy !

Antoine se renfrogna encore plus et retourna dans sa chambre s'attaquer à une pièce de Vivaldi – c'était la préférée de son père, qui ne l'enquiquinerait donc plus au sujet d'Alice.

– C'est mon fils, et pourtant je crois que je ne le comprendrai jamais… soupira sa mère. On dirait qu'il vient d'une autre époque…

– Tu veux dire d'une autre planète, rectifia son mari.

– Oui… Enfin, on se comprend… Heureusement qu'Émilie se marie… J'ai bien peur qu'il ne faille pas compter sur Antoine pour avoir des petits-enfants. Quelle femme supporterait un tel ours ?

– Quelle femme, en effet…

– Sauf à avoir un tempérament comme le sien.

– Un vrai couple d'éteignoirs ! ironisa le père d'Antoine. À moins qu'elle ne soit musicienne. Il me semble que deux ermites musiciens pourraient former un tout acceptable…

Le téléphone sonna. La mère d'Antoine s'empressa d'aller répondre. Au bout du fil, une voix douce se fit entendre.

– Bonsoir, vous êtes bien madame Martin ? questionna la voix. La maman d'Antoine Martin ?

– C'est bien cela, oui, répondit la mère d'Antoine en notant que la voix devait appartenir à une dame très âgée.

– Je m'appelle Suzanne. J'ai rencontré votre fils à Commercy cet après-midi.

– Oui, bien sûr… Toutes mes condoléances pour Germaine… balbutia Mme Martin, qui ne savait trop que penser de cet inattendu coup de fil.

– Ah ! Il vous en a parlé ? Je voulais être certaine qu'il était rentré sans encombre. Est-ce bien le cas ?

– Oui, oui. Je vous remercie… Il est là. Il joue du violon, vous l'entendez peut-être. Aviez-vous quelque raison de vous inquiéter pour lui ?

Ici, le père d'Antoine se leva pour presser sur le bouton du haut-parleur. Aussitôt, la voix de Suzanne inonda le salon de son apaisant velours.

– Il était tout chamboulé quand il nous a quittés, alors je me suis fait du souci.

– C'est un garçon sensible, mais je ne pensais pas que le décès d'une inconnue lui ferait autant d'effet, commenta l'interlocutrice de Suzanne, de plus en plus perplexe.

– Je ne crois pas que ce soit cela…

– Non, vous avez raison, cria le père d'Antoine par-dessus l'épaule de son épouse. Il n'est pas triste, il est vert de rage, plutôt ! Je serais curieux de savoir ce que vous lui avez fait.

– Presque rien… temporisa Suzanne. Nous avons juste remué de vieux souvenirs relatifs à une connaissance commune.

– Ah ? Qui donc ?

– Une jeune femme, Alice Bonvillet. Son ancienne voisine à Paris. Vous en a-t-il déjà parlé ?

– Ben voyons… fit le père.

– Très peu, fit la mère, mais assez pour que nous souhaitions la rencontrer…

– … Puis que nous souhaitions ne plus jamais en entendre parler ! acheva le père.

Suzanne ne disait rien.

– Allô ? Vous êtes toujours là ? questionna Mme Martin.

– Oui. Je crois que j'ai assez abusé de votre temps. Juste une dernière chose. Il y a une fête à la maison de retraite de Saint-Mihiel dans dix jours précisément, le 28 août à midi. Nous, nous y serons tous. Quand je dis « nous », je veux bien sûr parler de toutes les personnes qu'Antoine a rencontrées aujourd'hui. Alice aussi y sera. Je pensais inviter Antoine à être mon cavalier. Mais je mesure combien cette requête peut être malvenue… voire déplacée… Pouvez-vous tout de même lui faire la commission ? risqua Suzanne.

– Bien évidemment, s'empressa de répondre la mère d'Antoine, chez qui ce stupéfiant coup de téléphone réveillait de brumeux espoirs.

« Jamais de la vie ! », gronda le père d'Antoine, quand les deux femmes se furent saluées.

Chloé 3

Vérone, le 22 août

Chère Marie,

C'est à vous que j'adresse cette lettre, car vous avez été la confidente de mes déboires sentimentaux et la fidèle suppléante de Germaine auprès de Juliette. Mais je n'en oublie pas pour autant vos amis ! Aussi, je vous donne ma bénédiction : vous pouvez lire cette lettre aux membres de l'ex-Club des Six. J'irais même jusqu'à dire que vous le devez… Comme ça, ils ne s'épuiseront pas en vaines et fausses conjectures sur l'état de nos cœurs, à Julien, Alice et moi !

J'ai traîné Alice et Julien au repère du Club di Giulietta. Un endroit charmant. J'ai demandé si « l'une ou l'autre » Juliette de service parlait français, et ni une ni deux, après que j'ai simplement mentionné nos prénoms et indiqué que nous venions de Lorraine, en France, nous nous sommes retrouvés à boire un pot (des Campari absolument divins : il n'y a que les locaux qui connaissent les bonnes adresses…) avec deux jeunes femmes éminemment sympathiques. Leurs prénoms : Michela et Agata, alias les Giulietta, qui ont répondu à Germaine (puis à vous, Marie !) ainsi qu'à Élisabeth, à Saint-Joseph. Elles se rappelaient très bien vos lettres. Elles nous ont dévisagés avec une curiosité non déguisée, surtout notre Alice. Je dois dire que cette dernière a bravement passé l'examen : elle a à peine rougi ! Nous leur avons expliqué que nous savions tout, que nous avions lu leurs réponses. Michela a été très directe.

– Alors… comment dit-on, déjà ? a-t-elle commencé en faisant un effort visible pour choisir ses mots. Chloé tient finalement la chandelle ? a-t-elle réussi à arracher aux trésors de sa mémoire lexicale.

Alice et Julien ont démenti avec un bel et sincère ensemble qui m'a fait chaud au cœur.

J'ai fait comme si je ne remarquais pas le regard perçant que me lançait Agata. Peut-être devrais-je d'ailleurs remplacer « perçant » par « perspicace »… C'est fou ce que quelques jours de détente peuvent nous apprendre sur des gens que nous croyions connaître. Julien s'est révélé un compagnon charmant et gai ; un parfait homme d'intérieur au gîte, aussi, ce qui ne gâte rien. Il adore flâner dans les marchés, comparer les mérites des gelatarie véronaises… Je crois que nous les avons toutes essayées ! Il pourrait changer de métier et proposer ses services au Guide du Routard. Je crois qu'il me plaît (Julien, pas le Routard). Et comme j'ai le feu vert d'Alice qu'il n'intéresse vraiment pas – n'en déplaise à vos collègues de Saint-Mihiel ! –, je l'ai invité à sortir en boîte avec moi hier soir (j'ai remarqué qu'il était fêtard à ses heures, tout à fait comme moi). Je savais qu'Alice ne serait pas de la partie, elle avait repéré un récital de musique classique au Duomo. De toute manière, elle déteste toute musique postérieure à 1950, même si elle s'en défend ! Alors, sortir en boîte… Très peu pour elle ! J'ai été culottée, non ?

Mais le temps où il fallait attendre que l'homme fasse le premier pas est révolu depuis belle lurette, pas vrai ? Et je repense souvent à ce qu'a récité Suzanne quand Alice vous faisait disserter sur Sénèque : « Tout aurait sans doute autrement tourné si nous n'avions pas considéré l'affaire d'une façon si mystérieuse et si tragique… » Je n'ai pas été fichue d'en retenir l'auteur, mais, bizarrement, j'ai mémorisé la phrase au mot près ! Bref, soyons SIMPLES ! Nous avons passé une excellente soirée et avons décidé de nous revoir une fois de retour en France. Quant à Alice, elle est revenue toute chose de son concert…

– C'était du Dvorak, nous a-t-elle seulement dit.

Je suis d'une ignorance crasse en musique classique, mais à l'occasion il faudra que j'écoute du Dvorak. Pour faire un tel effet à notre Alice, ça doit être quelqu'un !

Nous rentrons dans trois jours. Vivement la petite réception en l'honneur de Lucien, le 28 (oui, oui, je suis au courant !).

Plein de gros baisers à vous tous !

Chloé

Miss Belle

Vérone, le 22 août

Chère Suzanne,

Je ne vous remercierai jamais assez pour le merveilleux cadeau que vous m'avez fait en me confiant le Journal de votre maman. J'étais tellement impatiente de le découvrir que je l'ai emporté en Italie ! Mais rassurez-vous, l'original est resté bien au chaud à Heudicourt. J'en ai seulement emporté une photocopie. Je ne voulais surtout pas risquer de perdre ce document si précieux à vos yeux.

Quand nous avons travaillé sur le thème du voyage, vous étiez la seule à connaître la légende de ces grosses pierres jetées dans les flots par un géant pour relier l'Irlande à l'Écosse. En lisant le Journal de votre mère, j'ai compris pourquoi vous auriez demandé à Finn Mac Cumaill de construire une chaussée reliant la France aux États-Unis. N'importe qui aurait envie de s'engager sur un chemin aussi fabuleux pour partir à la rencontre de miss Belle ! Moi, en tout cas, j'en aurais envie. Votre maman a eu beaucoup de chance de la connaître.

Je me suis renseignée sur miss Belle : en plus d'être un mécène chez nous, elle a beaucoup fait pour l'université dans laquelle elle a étudié, dans le Massachusetts. J'ai vu qu'ils y proposaient un poste de professeur de français. Comme vous le savez déjà, enseigner dans le supérieur était mon objectif il n'y a pas si longtemps encore… J'ai été à l'affût du moindre poste de sociologie vacant en France, en Angleterre, et même en Allemagne.

Mais il faut croire que pour moi, les planètes n'étaient pas alignées ! Aujourd'hui, je m'interroge sur mon avenir. Serais-je prête à aller jusqu'aux États-Unis pour enseigner à des étudiants ? Le dépaysement ne me fait pas peur, mais j'ai été si heureuse parmi vous cette année, même si je sais que vous en avez parfois douté ! Que décider ? Avec un peu de chance, j'aurai bientôt une espèce de signe qui m'indiquera la route à suivre ! Chloé croit en ce genre de choses…

En attendant, il faut bien reconnaître que les liens avec les États-Unis qui ont émergé au cours de nos ateliers sont nombreux. Si nombreux que cela en devient troublant… Serait-ce le signe que j'attends ? Il y a eu la famille de Germaine, la Betty Taylor de Marthe, et maintenant miss Belle… Et je ne parle pas d'Antoine… Car je suis au courant, Marie a fini par m'avouer que vous aviez suivi sa trace jusqu'aux États-Unis…

Il n'y a qu'à vous que je puisse écrire cela, chère Suzanne : hier soir, j'ai assisté à un concert à la cathédrale de Vérone. On y donnait le Quatuor américain *de Dvorak. Encore l'Amérique… L'Amérique, évoquée par mon compositeur de prédilection (son concerto pour violoncelle est une splendeur). Antoine aussi jouait beaucoup Dvorak. Je ne me lassais pas de l'écouter, encore et encore. Parfois, j'avais l'impression que nous nous répondions. Je suis heureuse comme je ne l'ai jamais été, mais force m'est de reconnaître qu'il y a en moi un vide que je désespère de voir un jour comblé par un autre qu'Antoine. C'est ridicule, n'est-ce pas ? Ridicule ou pas, la confession que je vous fais donne la victoire au Club des Six de Commercy ! Mais ne le dites jamais aux autres, et surtout pas à Pierre ! Ses chevilles enfleraient tant que sa canne anglaise ne suffirait plus à le soutenir !*

Je me réjouis de vous revoir bientôt. Peut-être aurez-vous quelques sages conseils à me donner au sujet de l'atelier, de l'Amérique, de mon avenir ? Évidemment, je parle de vrais conseils sciemment sollicités par moi-même, si vous voyez ce que je veux dire… Fini les complots et les messes basses ! Même si l'intention est louable…

D'ici là, portez-vous bien, chère Suzanne.

Avec toute ma tendresse,

Alice

Samira 2

Le 28 août,

Cher Journal,

Lucien part après-demain à Verdun, dans une nouvelle maison de retraite avec plus d'infirmières. Sa fille (c'est le maire de Saint-Mihiel) est très sympa. On a même le droit de l'appeler Sabine. Elle nous a offert des castagnettes qu'elle a rapportées d'Espagne, où elle a conduit Lucien. Dans un endroit qui s'appelle Compostelle, très exactement. Il paraît que c'était le grand rêve de Lucien, d'aller à Compostelle. Gilles (c'est le mari de Sabine) a pris plein de photos. Ils nous les ont montrées. Lucien pleurait, alors même si c'étaient des larmes de joie, je me suis assise à côté de lui pour lui tenir la main. Je crois que plus tard, j'aimerais bien m'occuper des personnes âgées, comme Julien.

Justement, Julien, il était super heureux ! Il regardait tout le temps Chloé et Chloé le regardait tout le temps aussi... Jeanne et Élisabeth avaient tout faux ! Julien + Chloé = amour. Je l'ai toujours su ! Enfin, presque toujours...

Alice, Chloé et Julien reviennent d'Italie. La peau d'Alice a apprécié le voyage. Elle est toute dorée ! Avec son violoncelle, elle a joué un très long morceau de Vorjac (ou quelque chose comme ça). Les adultes étaient contents, mais moi, je me suis ennuyée. La musique classique, c'est pas trop mon truc. Je préfère Violetta et surtout Louane. (Je vais la voir au Zénith de Nancy dans deux semaines. Je te raconterai tout, cher Journal ! Emma est verte de jalousie !)

Lucien a voulu aller aux toilettes pendant le concert en son honneur (c'était pas très poli, mais il est si vieux et si malade qu'on lui pardonne tout). Je me suis proposée pour l'accompagner et on m'a laissée faire. Ça m'a fait un entraînement pour quand je serai infirmière. J'ai vraiment bien fait de me dévouer, car j'ai fait une rencontre très intéressante dans le couloir. Il y avait un grand homme blond un peu perdu derrière la porte de la grande salle. Il écoutait la musique d'Alice avec concentration.

Lucien lui a dit :

– Bonjour mon garçon, je m'appelle Lucien, et voici… comment déjà ?

Je lui ai soufflé :

– Samira (il mélange toujours les prénoms et oublie les gens).

Lucien a demandé :

– Et vous, c'est quoi votre petit nom ?

L'homme a dit :

– Antoine. Suzanne m'a invité à la fête, mais je suis en retard, pardon…

– Aucune importance ! a dit Lucien. C'est Marguerite qui joue, vous entendez ? Je l'aimais bien, à l'époque… Mais je croyais qu'elle jouait du piano.

Anne Idoux-Thivet

Nous sommes rentrés tous les trois dans la grande salle, juste au moment où Alice finissait de jouer. Elle avait gardé les yeux fermés pendant tout le morceau. Elle les a rouverts pendant qu'on l'applaudissait. Et là, elle nous a vus. Je n'oublierai jamais sa tête.

Lucien a dit :

– Je vous présente… comment déjà ?

Et Alice a répondu en souriant :

– Antoine.

Bibliographie

Le lecteur trouvera des idées d'ateliers d'écriture dans l'excellent ouvrage de Myriam Mallié et Pascal Lemaître, *1001 conseils pour écrivains en herbe*, paru en 2004 chez Casterman dans la collection « Les grands livres. Animations ».

Il pourra aussi découvrir le *Madeleine Project* de Clara Beaudoux sur son site Internet (http://madeleineproject.fr/) ou dans son livre *Madeleine Project, un reportage de Clara Beaudoux,* paru aux Éditions du Sous-Sol en 2016.

Remerciements

Un immense merci

À Thierry, mon mari, qui accompagne mes premiers pas d'écrivain avec tendresse et générosité.

À Michou, ma marraine, à Gérard et à Isabelle, dont les encouragements quotidiens m'ont portée tout au long de l'écriture de ce roman.

À ma fille, Agathe – dix ans –, ma « conseillère technique » pour la rédaction des passages relatifs aux enfants de l'atelier de créativité d'Alice.

À mon frère, Jean-Philippe, et à mes parents, qui m'ont poussée à cliquer sur « Envoi » en cette belle journée de mai 2016 (ils comprendront...).

À Laure Prételat, Charlotte Allibert, Andrea Field et l'ensemble de l'équipe de la maison d'autoédition Librinova, qui ont cru en mon roman et ont tout mis en œuvre pour le faire connaître.

Aux Éditions Michel Lafon, qui ont choisi de me faire confiance, et plus particulièrement à Florian Lafani qui m'a accueillie avec beaucoup de chaleur.

Et à Marion Chiss, mon éditrice, dont les conseils bienveillants et toujours avisés me sont si précieux.

édition pré-presse
livres numériques

44400 Rezé

Imprimé en Espagne
Dépôt légal : janvier 2018
N° d'impression : 01
ISBN : 978-2-7499-3491-4
LAF 2508